U0905634

这世界，还爱着你

Dieu est un pote à moi

Cyril Massarotto
〔法〕希里尔・马沙霍朵 / 著
林雅芬 / 译

中国友谊出版公司

图书在版编目（CIP）数据

这世界，还爱着你 / （法）马沙霍朵著 ； 林雅芬译
. -- 北京 : 中国友谊出版公司, 2015.3
ISBN 978-7-5057-3465-4

I. ①这… II. ①马… ②林… III. ①短篇小说一法
国一现代 IV. ①I565.45

中国版本图书馆CIP数据核字(2015)第008110号

书名 这世界，还爱着你
作者 〔法〕希里尔·马沙霍朵
译者 林雅芬
出版 中国友谊出版公司
发行 中国友谊出版公司
经销 新华书店
印刷 北京博艺印刷包装有限公司
规格 700×990 毫米 32开
6 印张 192 千字
版次 2015 年 3 月第 1 版
印次 2015 年 3 月第 1 次印刷
书号 ISBN 978-7-5057-3465-4
定价 36.80 元
地址 北京市朝阳区西坝河南里 17 号楼
邮编 100028
电话 (010) 64668676

如发现图书质量问题，可联系调换。质量投诉电话：010-82069336

目录

命中注定的遇见

“嗨！”

“咦！我在这里做什么？你是谁？”

“你很清楚我是谁。”

“你是……”

“说啊！说出来啊！”

“你是……上帝？”

“你看你知道嘛，这并不是很困难啊！我当然是上帝！你就是把我想象成这个样子，不是吗？”

“是没错啦，但想象归想象，真的亲眼看到又是另一回事……这么说，你是真的存在啰？”

“我当然存在啊！”

“不！不！我不相信，这是不可能的……”

“噢，拜托！你可别像其他人一样花了好几个小时自问：‘这是不是一场梦啊？我是不是死了？’不，你没死。没错，我就是上帝；没错，我存在；没错，你的确正在跟我说话。这一切都不是电视演出，我不是戴着白色胡须的演员，这里也没有隐藏式摄像机。你们这些人最近是怎么搞的，很难说服！以前根本没这么复杂……可以了吗？你现在放心了吗？”

“我不知道耶！我想我应该是产生幻觉了吧……”

“噢，真烦！算了，我送你回去，等你不再这么疑神疑鬼的时候再叫我吧！”

他稍微动动手指，我就这样回到自己的客厅，端坐在沙发上，就像没上云端前一样。这时我才恍然大悟：没错，我刚刚在跟上帝讲话，他真的住在云里，看起来像卡西米尔[1]——好吧，不是完全一样啦。上帝给人的印象超深刻的，坦白说，他比较帅。

我想，我得把事情搞清楚：我三十岁，从来不曾有过心理方面的毛病，今天也没喝酒，而且老早就不吸毒了，那么，刚刚发生的一切是怎么回事？我原本无所事事地呆坐在电视机前，突然间，一道闪光让我眼前发黑，然后不到一秒钟的时间，我就上了云端，跟一个老家伙说话，而且所有证据显示，这个老家伙应该是上帝——反正他是我遇过的最像上帝的人了。而我之所以如此确定，是因为我没看过有人可以这么做——这样的声光效果与场景布置……没错，的确是他。如果真是如此，那简直棒呆了！上帝呼唤我，让我到他家去，跟我说话耶！真是令人难以置信啊！我是预言家或什么的吗？他铁定是想借我之口，来向人类传达某个信息之类的吧……我非搞清楚不可。来呼唤他吧，是他刚刚要我这么做的。

“呃……上帝？”

就像刚刚那样，一道光闪现，而我就这样再次来到他面前。

“这么说，你冷静下来啰？”

“等等，你也替我想想嘛，和上帝相遇可是件大事耶！

1.Jean Casimir-Périer，法兰西第三共和国第五任总统，留着两撇翘胡子。

这有点像上次我在街上看到奥菲丽·温特[1]本人……”

“谢谢哦，你拿我跟她比……”

“哎哟，你应该知道我的意思嘛。我不是拿你跟她比，只是举例说明！”

“是是是，我知道。我不能开个小玩笑吗？”

“这么说，上帝这东东也会开玩笑？”

“拜托，当你提到我的时候，不要说‘这东东’，我又不是个东西。不过，就像你说的，我的确会开玩笑，而且还蛮搞笑的呢！我还会说笑话哦！时间一久你就会明白，我完全不是你想象的那个样子。”

“关于这点，我得承认我还真没想那么多……哦，对了，你或许更希望我用‘您’来称呼你，不是吗？”

“不需要，反正你已经习惯用‘你’了。你知道的，我并不担心不受人尊重，我和你们人类拥有的感受不全然相同，完全没有自我中心的问题，因为我就是全部。反正，这只是一种说法。该怎么解释呢……你看，我最大的问题是，每当我选择要跟某个人讲话的时候，还得避谈绝大部分我已经知道的事，才能让人了解我，真是有够累啊！”

“噢！你可以在生理和心灵上感受到事物吗？”

“没错。不过，假如你愿意，我们以后再谈，当你准备好的时候。”

1.Ophlie Winter，模特儿出身的法国歌手。

“那我什么时候会准备好？”

“很快啦，你放心好了。”

“这倒是很怪奇……啊，对不起，‘怪奇’就是‘奇怪’啦，这是一种倒读隐语。哦，对不起，‘倒读隐语’指的是……”

“等等，你把我当成什么了？你隔壁邻居，还是登门推销吸尘器的业务员？我再提醒你一次，我是上帝，会说所有语言、所有方言，我了解所有人类口中说出的一切。喏，告诉你第一条法则：‘跟你们全人类有关的事物，我无所不知。’你知道这代表什么意思吗？”

“大概知道吧，也就是说你对我们了如指掌。”

“好极了！你对第一条法则完全融会贯通了。”

“哇！那我可以得到什么奖品？”

“我可以把你的性器官增长几公分，你想要吗？来吧，这不会太……”

“这也太粗俗了吧！我不知道耶，你总该有点当上帝的格调吧？难道神没有职业道德，没有较适宜的行为举止规范吗？”

“看来你还有两件事情必须要谨记在心。第二条法则：‘只有一个神，那就是我。’第三条法则：‘人类所有的特性，都是我的表现。’所以，我百无禁忌。爱是我，诗歌是我，粗俗也是我；文学是我，音乐是我，幽默感也是我……”

“看样子谦虚是另外一个人啰……”

“你还真像我所了解的你，居然肆无忌惮地嘲讽上帝！你知不知道自己在做什么？你在嘲笑上帝耶！”

“不过我觉得跟你在一起很舒服，仿佛我们是多年好友……”

“这很正常，所有和我相遇的人都会有这种感受。我始终在你头上守护着你，就像守护所有人一样。我比你更了解你自己，有点像你的父亲、你的朋友，我们就像家人一样相处在一起。”

“什么意思？”

“意思是你也认识我。你活着，所以你会认识我。你中有我，我中有你。但现在我要让你稍微冷静一下，让你心平气和地把整件事情想一遍。不过，离开之前我要告诉你第四条法则，这是最后一个了：‘对于我们的相遇，你不能过分看重其实际的重要性。’慢慢地你就会懂了，其他事情也一样。走啰，改天见。”

我已经三天没有他的消息了。我变得怪怪的，再加上忘记问他究竟要向我传达什么信息，更让我变得神经兮兮。我不禁怀疑，整件事该不会只是因为我吃了某种东西所引起的幻觉，或是一氧化碳中毒？反正可能是某样东西损害了我的神经细胞所致。但我唯一可以确定的一件事，就是我没有做梦，因为我根本没睡着。再说，现在就算我试着呼唤他，也没有任何反应，不再有闪电把我送上云端，什么都没有。

我已经受够把自己闷在公寓里，所以最好返回工作岗位。我之前打过电话跟赫奈说我感冒了，但我想他不免开始怀疑我何时才要上工了。虽然他是个很酷的老板，但我也不能得寸进尺啊。好吧，快晚上六点了，还有一小时可以准备，然后前往情趣用品店。我的生活的确得重新步上轨道才是。

“嗨，赫奈，我来了！”

“嗨！看来你病好啦？”

“是啊，好多了，谢谢。我有去看医生，不过没有拿医生证明……”

“你很清楚我才不管这些，你一年只不过生病一次，我不会扣你薪水的。”

“谢谢。一切都还好吧？没有发生特别的事吗？”

“没有……好啦，有啦，有件事很奇怪。我找了个女孩来代你的班，单纯想看看这样做会有什么效果。结果，你铁定不相信，她在这里工作那三个晚上的营业额大幅下降！我想那些常客大概觉得拿着那些无聊的片子走到柜台，站在那个神情十分严肃的清纯小女孩面前太丢脸了。很好笑，对吧？”

“是啦，假如这么想的话，我倒是不感到惊讶。不过你究竟怎么搞的，居然找个清纯小女孩来？”

“我想测试一下嘛，结果证明这是个错误的好点子。不过，我想你今晚的工作量可大了，我们那些病患应该个个都激情难耐啰。拜！加油啦。”

我实在不太喜欢他这种调调。他对那些前来填补性匮乏的顾客一点也不尊重，一直称呼人家“那些病态的”“变态的”“无能的”，我倒认为他们是迷失在无穷无尽的幻想世界和始终向下沉沦的生活现实之间。我觉得他们一点儿也不坏，只是孤单罢了。再说，我在这儿工作八年了，那些常客的名字可从来不曾出现在血腥的社会版头条，这就证明他们不会危害任何人。至于赫奈，他才不在乎这些人呢，他只在意可以稳稳当当地把店给撑起来，这就得了！关于这一点，我觉得他做到了，看他今年又换车就知道了，而且去年圣诞节他还给我加薪呢！我想他是唯一会主动给员工加薪的老板吧，身为他的手下，我根本无须开口要求。

寂夜冗长，感觉特别安静。我的老顾客应该是被那个女孩浇了一盆冷水，都不来了。这个赫奈啊，老是有一些怪怪的点子，我不诓你。算了，我去拿《小嘴大口》这部新片出来看看好了。都出到第九集了，时间过得可真快。

这时，我想到一件事：上帝应该正在看我吧，看着我对那个真的有张樱桃小口的棕发女孩产生幻想。搞不好他还知道我会因此兴奋起来，因为他正读着我脑袋里的思绪！我该怎么弄清楚呢？

“上帝在吗？上帝，拜托你，这件事很紧急！”

“是哦？”

“你的闪电很刺眼耶，我的眼睛可是敏感得很！哎呀，这不是重点……请问你刚刚有在看我吗？”

“哎呀！这问题真老套。我是不是一直看着你们？答案是：当然是啊。”

“什么？你一直看着我？”

“该用哪种语言回答才好呢？没错，我看着你，分分秒秒。而且我不只看着你，还可以知道你在思考什么、在幻想什么。不只你，还有全人类。”

“等等，这简直是地狱啊！你没骗我？”

“你希望我骗你吗？”

“我不知道。听到这件事之后，我哪还能正常过日子啊？”

“可以的。你放心，只要一点时间习惯就行了。”

“这不可能啊！你的意思是，你一直看着我，甚至是我在……嗯……我在自慰的时候？”

“岂止这些，还有呢……我什么都看得到！你记不记得，三年前，你还想要送电动按摩棒给莎宾娜当生日礼物呢……”

“你认识莎宾娜？”

“别忘了我说过的第一条法则……不过那天她倒是不领情，就像往常一样尴尬地对你说：‘这很恶心。’还有还有，你还记得后来那天晚上到底怎么处置那支电动按摩棒的吗？”

“什么？连我把它放在我的……你也看着我？！噢！不！噢！该死！我再也无法面对你了！天啊，这太可怕了吧？丢脸死了！上帝竟然看着我试用电动按摩棒？！这真是我一生中最丢脸的事情了！”

“喂，不要不好意思啦。”

“噢，更惨的是，他竟然叫我不要觉得尴尬！谢谢，我感觉好多了。现在当你要求我别再感到尴尬时，我真的就不尴尬了，真是神奇！”

“冷嘲热讽，我喜欢，这个特点同样来自于我。”

“你体谅我一下吧，我只是出于好奇心啊。电动按摩棒我可是每天都得卖个几支，这样做算是基于工作需求。再说，我不过用了一次，我跟你保证！”

“你说几次啊？”

“唉！好吧，或许两……你很烦耶。算了，送我回去吧！”

“别这样嘛，我只不过是逗你开心……”

“送——我——回——去！马上！”

“好啦好啦，你想怎样就怎样。”

睡了大半天之后，我必须承认自己有以下这个想法：或许上帝亲眼看见并知道我都在做些什么，这件事并没有那么严重。再说，假如他只看着我，那我或许真该烦恼；但是，假如他监视着我们每个人，说到底……真正该感到恐惧的应该是那些会做出怪事的人吧？不过，算他们好运，不知道有人正在看着他们。我铁定不是所有人当中最荒唐的，于是我退一步想，或许我对他苛求了些。不过他应该已经习惯了，肯定能理解，因为他什么都知道，所以会了解我没有恶意。但搞不好他在生我的气。上帝会记仇吗？假如他可以创造一切，那么，怨恨也会来自于他，他会摆脸色给我看，甚至连见都不想再见到我……过一阵子我再召唤他就知道了。

我得采取低姿态，就像跟赫奈相处一样。一两年前，我们狠狠吵了一架，他责备我因为店里发生的一件小事就对他说教，赫奈最讨厌别人这么对他了。一开始只是件再平常不过的事：有个客人拿回一部影片要求退货，因为他觉得《百无禁忌的老女人》这部片里的演员并非都是老女人——反正就是还没老到可以激起他的欲望。我连忙道歉，而赫奈正在一旁算账，就跟那家伙说片子不能退。这时，那个长得还蛮魁梧的家伙犯了一个严重的错误——他不该提高音调，用一种威胁的口吻回话，把我们当骗子。赫奈可不吃这一套，他从柜台另一头走出来，往对方脸上挥了两拳，又往他的裤裆踢了一脚，就此解决这场烂仗，为彼此的争论画下句点。我对他说，我不喜欢暴力，一定还有其他解决方法。于是我们接着大吵起来，幸好很快就和好了。几天之后，他跟我说他很抱歉，但他就是控制不了自己。他可是热血男子汉啊。

根据赫奈的说法，这热血性格应该是源自他的血统，换言之，就是遗传自他的双亲，因为他实际上是西班牙人——尽管他母亲是在抵达法国几天后才生下他。他老是跟我谈论西班牙，仿佛已经在那里过了大半辈子，真的很奇怪。他吃西班牙料理，喝西班牙酒，尽可能讲西班牙语，假如可以把空气从西班牙带来的话，他也会呼吸西班牙空气的。还有，他当然娶了个西班牙女人。他太太跟他可不一样，不是移民，而是个土生土长的西班牙女孩，说话带着好笑的浓重的口音。他到西班牙度假时对她一见钟情，便把她装进行李箱里带了回来，当作到此一游的纪念品——他是这么说的啦。

赫奈少不更事时不喜欢念书，宁可去从军——我实在不太懂他的逻辑，但管他的……结果是，当兵当了几个星期后，他打破了一位士官的头，把人家打成重伤，为此蹲了一段日子的苦牢。当时我如果已经认识赫奈，铁定知道事情会如此发展，看他的个性就知道了！我一定会先给军队通风报信，要他们千万别答应让他加入。后来，他有点误入歧途，干一些所谓不光明磊落的交易，然后又去吃牢饭。就这样进出牢房两三趟之后，他决心金盆洗手，于是开了这间情趣用品店。他可是说不干就不干，废话不多说！

总之，赫奈是我认识的人里面心肠最好的一个，尽管日久才能见人心。初识时，大伙儿会特别注意他那张大饼脸和粗壮的臂膀，那的确有些让人害怕，但事实上并非如此。与他熟识之后，就会看见他的好心肠，也会看见他的悲伤，尤其是几杯黄汤下肚之后。就在那个他喝酒喝过头的夜里，他对我说，要不是他太太生不出孩子的话，他倒是很想有个像我一样的儿子。我说，谢谢。

因为我自己也是，我也很想要有父亲、母亲。我当然有过双亲，但是，该怎么说呢？我希望拥有他们的时间能够长一些，就算只多一点点时间也好。一切的确不是我母亲的错，一开始只是胸部有个小肿块，完全没有其他征兆，但那显然是个囊肿。随着时间过去，她觉得这肿块真的变大了，于是不再羞于就医。小诊所的医生把她转诊到大医院去，但大医院告诉她一切为时已晚，因为已经蔓延到全身了，医生甚至不讳言她死期将近。于是，为了保护自己的儿子，她决定什么都不跟他说，虽然他已经十三岁了，但再怎么说都是自己的宝宝，她不想看他受苦。而这个孩子直到母亲咽气前几天才知道她病得很重，这时，所有用尽善意谎言，试图保护这孩子的人知道纸再也包不住火了。就这样，这一切重得像块铁砧板，从天而降，给他迎头重击。

我十八岁生日当天倒是获得一大笔财富：四万欧元。这也算是天文数字了吧！当然，钱不会平白无故从天上掉下来——这并不是个礼物，而是一笔遗产。父亲等到我满十八岁成年后才决定自杀，因为他不希望我被送到孤儿院之类的地方去。真是谢了。他始终无法接受我母亲的死，但是也耐心地等待我成年——就在我生日当天，多等一天都不行，仿佛一切对他来说实在太久了。父亲的死本来应该会完全摧毁我，但坦白说，他的举动并不让我感到意外，因为我始终很关心他，所以早料到会发生这种事。他一直在暗示我，告诉我他始终爱着我母亲、想要去找她；还会跟我解释一些事情，例如在拒绝买某样太贵的东西给我时，他会说他宁可帮我把钱存起来，好让以后他不在我身边时我有钱可以用。我不知道自己是否真的生他的气，我只是对他选择在我生日当天自杀感到很难过。

我的过去是有点沉重，不过说来奇怪，我并不认为自己是个不幸的人。当然我曾经是，而且非常不幸，但我总能再站起来。应该这么说吧，我很喜欢大笑，搞笑是我的专长，所以日子还过得下去。搞笑或许是为了在泪水里求得平衡吧？我是这样希望啦，因为若真如此，那么我应该还有许许多多足以欢笑的事物。你看，我从小就累积了这么多痛苦，所以你就知道我得笑多久才能取得平衡。

关于“幸福”这个课题，我想现在自己正好及格吧。至于上帝为何找上我，我可就一点儿头绪也没有了。他怎么会对我这个在情趣用品店上班的可怜男子有兴趣呢？没道理呀！我真是搞不懂。假如我是上帝，我可能会选个有好工作、有妻有子的好男人——总之就是要选个上得了台面的正常人。像我这种微不足道的人怎么可能会引起他的注意呢？我只是个从事可笑工作的三十岁男子，而我之前选择这份工作只是为了赚点钱支付学费，后来当然是放弃大学学业，继续工作了。我只是个生活毫无目标的家伙，因为这工作根本不必做牛做马，唯一的责任是提供一些好建议给那些想要在变态影片中寻求慰藉，或是想借助各式各样辅助器材获得满足的客人——当然，我能提供各种充满想象力的建议。我只是个单身汉，没有家人，也没有真正的朋友；懂得讨女孩欢心，却从来不知道该如何把女孩留在身边。这样的男人，终究是没有用的废材。再说，我真搞不懂他怎么会特别挑上个无神论者呢？说真的，我从来没信过上帝。虽然不信，但我很清楚这一切都是真实的，我并不是在做梦。既然不是梦，那我现在得弄明白这究竟怎么回事。

“上帝？”

“什么事？”

“是这样的，我只是想知道你为何选择我，我可是个无神论者耶。”

“我得先打断你：人都是有信仰的。”

“噢，不是哦！在我们认识之前，我是没有信仰的——虽然我只是对宗教不屑一顾，不像某些人，例如我祖母。我还记得……”

“我知道，安德蕾奶奶嘛。她不喜欢宗教，总是跟你说宗教分子都是一群笨蛋，而上帝是被创造出来、用来诈骗的人物，好让那些一无所有的人还能有所期待。她还告诉你，假如这个上帝真的存在，那他就是个不折不扣的浑蛋，因为他任凭人们在不幸与贫穷中活活饿死。所以假如真有上帝，她想要当面指责他，问他为何眼睁睁地看着人们孤孤单单地带着悲伤断气。”

“对啊，你知道嘛！”

“这就对了。尽管生我的气，但她比任何人都要相信我。和她有同样想法的人都不喜欢我，因此证明我是存在的，否则他们根本不会想要对我说三道四。我不想针对这个主题长篇大论，但是你要知道，所有人都相信我，不管他们是否意识到，不管他们是否对我有所求，或者只把我当作一种概念来对抗。科学家花了那么多时间只证明了没有任何事物具有神性，而那些不信上帝也不信领导的反权威者之所以害怕我的存在，是因为他们讨厌所有的统治。不论聪明或愚钝，所有攻击我、抨击我的人全都信我，只是方法各异——害怕、不屑、否定、怀疑、以夸张的方式丑化、试图证明、确定、有所疑虑，这一切都凸显了我的存在。这，就是相信。”

“好吧，我勉强接受这样的说法。但是，你为什么选择我，为何是我？”

“因为我喜欢有伴，就是这样。不过我还是得说实话：我并非真的选了你。”

“这么说，你是用抽签的啰？我赢得天堂大乐透了吗？”

“不，事实上，你是被硬塞给我的。不是你，就是其他人。”

“你现在是在说，上帝只能对我一个人讲话，而不能对其他人说话啰？这是跟智力有关，对吧？你得找到一个配得上你的人吧？真是太有品位了！我从来没想过自己会是这样的天才。坦白说，真是太令人开心了！”

“等等，你未免太自恋了吧……听着，你被选中的确是有原因的，那是个对你来说并不是非常独特，对我而言却十分特殊的理由。有件非常珍贵的事让你成为独一无二的人。”

“啊？是什么呢？”

“目前我还不能透露。”

“哎呀，你一定可以告诉我！”

“不，因为这个理由尚未出现。”

“我怎么都听不懂咧……”

“随着时间过去，你未来会拥有某件东西，我之后一定会告诉你，在很久很久以后。”

“至少给我一点点提示嘛！”

“我可不想陪你玩推理游戏。别再拗了，否则我就把你送回地面去！”

“不然你只要告诉我，那是个好理由吗？我的意思是，它是正面的吗？”

“没错，是正面的。有点耐心，走吧，改天见。”

今晚依旧门可罗雀，的确没什么顾客上门。呦！来了个单身女孩，还蛮可爱的。这倒是罕见，一个女孩独自上情趣用品店，尤其是在夜里，而且真的还蛮可爱的呢。偶尔出现这种状况时，我会突然好像高级服务生上身，表现得像个不折不扣的专业人士。没错，一个优秀的专业人员必须了解他的女客人的生活习惯、期待与需求，才能提供最好的建议。她倒是直接走过来跟我说话，一切简直太完美了。

“晚安，请问我有什么可以帮忙的吗？”

“嗯，没有，谢谢。前天我离开时把眼镜落在这儿了，就在右手边的抽屉里，我想是底下那个。您是否可以把它拿给我？”

“啊，之前是您代我的班呀。很高兴认识您。”

“幸会，您找到眼镜了吗？”

“嗯……找到了，在这儿。”

“谢谢，再见。”

“等等，您急着走吗？”

“不急，但是我……”

“多留一分钟嘛，跟我谈谈您在这里工作那几个晚上的情况。”

“我的天啊……真的很难熬。那些男人看着我，仿佛我是全世界最能挑起性欲的女人与深海怪物的混合体。我也不知道该怎么说。我觉得自己像是块任人宰割的肉，但是，这群狮子却又不敢接近我。反正我就像弗洛伊德学派所谓的‘禁忌’一样，集神圣与忌讳于一身，让人只敢远观，不敢亵玩焉。很奇特又荒谬。你读过弗洛伊德吗？”

“不太多。”

“人们不会读‘不太多’，要么就是读，要么就是不读。”

“这么说好了，我还没读过，但是我将会去读！”

“不，您不会这么做。我读弗洛伊德是因为我在研究心理分析，那令我着迷。话说回来，阅读弗洛伊德学说对您有什么好处呢？”

“这样您下次再来时，我们就有话题可以聊了啊。”

“我看店的时候，客人根本什么都不买，所以我想我不会再来这儿工作，也就是说我不会再来了。”

“您可以来看我啊。”

“什么？”

“对啊，来聊聊，杀杀时间嘛。”

“我是个学生，有自己的生活，不会在这个情趣用品店跟您耗掉我的夜晚时光的。”

“您瞧，现在已经凌晨一点了，您在这儿耗掉一个星期二夜晚也没让您觉得不愉快啊。”

“这是哪门子的逻辑？我只是因为把眼镜掉在这里，而且又有点失眠……”

“又多了一个理由啰，睡不着的时候就来吧，我们可以谈谈心理分析……”

“不，谢了，再见。”

我究竟是怎么了，竟然对她搭起讪来？这个女孩自顾自地谈论她的弗洛伊德，她蔑视我，我却依然保持笑容，对她说：“来看看我，来聊聊啊……”我是脑筋短路了吗？！她也只不过看起来一副聪明伶俐的样子，又有点可爱，竟然就对我摆出一副高高在上的姿态。大学生又怎样，有点时髦又怎样，我怎么看都不顺眼。不过老实说，她还真可爱呢。

烦死了，一整天都想着那个女孩，不停地问自己：“她今晚会不会来？”父亲告诉过我，当女人说“或许吧”，她的意思是“不”；而当她说“不”的时候，意思就是“或许吧”。所以，我保持着希望……

刚刚和赫奈交班时，我摆出一副若无其事的态度，借机问他那个女孩的事。艾莉丝——呦！她叫艾莉丝啊，那晚我甚至连名字都没问——好像是赫奈太太娘家那边不知道哪个亲戚的保姆，之前我打电话来说我生病的时候，赫奈太太刚好在店里，便建议雇用这个艾莉丝，因为对一个未来的心理学家来说，情趣用品市场应该会引起她的兴趣，加上她又很漂亮。而另一个理由是：她需要钱。于是赫奈便说：“好啊。”当然，他总是说“好啊”，赫奈就是这么好说话。他问我艾莉丝那晚为什么来，又问我是不是觉得她很漂亮。针对他的两个问题，我的回答分别是“她是来拿眼镜的”和“噗”，然后，他就什么都没再说了。

弗洛伊德。我怎么会知道这家伙的事啊？我应该不需要因为不知道某件大事而感到丢脸，没这个必要吧？我不喜欢阅读也不是我的错啊！反正她铁定不会再来，所以我就不用去推开某个图书馆的大门。但是，或许我可以……

“上帝在吗？”

“你好啊。”

“咦，没有闪光啦？”

“没有了，以后那些闪光都派不上用场了。你和我之间的关系已经改善，所以场景需求就可以降低，一切可以恢复正常啰。你以后就会发现。”

“你所谓的场景，是指那些云朵啰……”

“大概吧。这样说好了，假如第一次见面时，我穿得跟个老百姓一样，然后按你家的门铃，你会很难相信我就是上帝，不是吗？于是我就用了一些白云、白色胡子之类的道具。至于闪电，那是为了摆摆架子。”

“但是，我真的把你想象成那个样子呢，的确是没什么创意啦……现在回头想想，我觉得这些想象有些孩子气……”

“从某种角度来看，的确是，不过绝大多数人还是把我想象成这个样子。不久之前我才有了肉体皮囊的样貌，而很久很久以前，我还只是一道穿越云端的光芒呢。”

“那你真正的外表又是如何？”

“我没有‘真正的外表’，只有你们想象出来的模样，那个在你们眼中可以让我变得具有可信度的模样。”

“比方说，如果有个家伙把你想象成八爪章鱼，那么你就会以八爪章鱼的样子出现？”

“对，但这种事从没发生过，我可以保证。”

“太可惜了。海狸鼠也没出现过吗？”

“也没有。在你把所有动物都列出来自娱一番之前，先告诉我，你为什么叫我来？”

“噢，对哦！事实上我只是有点好奇，想问你跟他熟不熟啊，就是弗洛伊德那家伙……”

昨天我学了好多跟心理分析有关的事。上帝真是位好老师，可惜艾莉丝没来。我才不认为她会来呢，不过话虽然这么说，每次大门一打开，我的心还是会揪一下。我随便找了个理由，要赫奈把她的电话号码给我，结果我还真幸运，他的小记事本上真的记下了她的电话号码。赫奈把号码给我时，笑得很有内容，这家伙想到哪儿去了！

从拿到电话号码到现在，我的手指已经放在电话上一个小时了，但就是没有勇气打电话。我真的不知道如何开口，尤其是该拿什么借口打电话呢？这个理由总得稍微有点可信度吧？我一直想个不停，有人进店里时我连眼睛都没离开电话按键，随口说声“晚安”，一点儿也不热络。这时，我感觉到有个身影朝我走来，我便抬起头——是艾莉丝！天啊，我得稳住，尤其得摆出一副冷冷的、爱理不理的样子。

“晚安。”

“呦，是你啊？你没忘记其他东西吧？”

“没有，我只是来聊聊，你上次不是邀请我来这里杀杀时间吗？”

“噢，是啊。不错，真有心，我倒没料到你真的会来。不过，今晚客人真的不多，我也才卖掉两部低俗的……嗯，总之，我很开心！你睡不着吗？”

“是睡不着啊，失眠的时候我就会觉得很无聊，而且今天读的书够多了，所以我决定来看看你。好，你读过弗洛伊德了吗？”

“是啊，我不只读过他的学说，而且我还有一个朋友，他对弗洛伊德了解得可真透彻呢，我甚至能告诉你一些我很确定你不知道的事。你知道弗洛伊德这位老兄因为自己的性器官太小，而非常压抑自己的感情吗……”

我躺在床上等待睡意降临，对自己说：“今晚我的表现真是棒透了！害我不得不佩服自己。”在心理分析方面，我还真是博学多闻啊！尽管我对弗洛伊德一无所知，但是感谢上帝（哎呀，我现在终于了解这个感叹句的意义了），现在一切进展顺利、完美无瑕。另外，我所有的把妹技巧也迅速恢复——尽管最近这段时间我并没有和女性有所接触，但只要多倾听，话少无妨，但要一针见血，以委婉的态度与低沉的嗓音说话，再用深远的眼神看着她（不过也不能看得太远），这样就行了。

总而言之，一切都很好，然而我并不是很确定自己真的吸引了她，这就是令人扫兴的地方。好几次她都大笑了起来，但我总觉得她有所保留，仿佛不想暴露太多的自己。事实上，让我感到不安的是，除了她的学业之外，她还真的没对我提过私事。关于她的过去，她绝口不提；对于未来计划，也没谈到多少。不管啦，最重要的是，她在离开之前把电话号码留给我了。现在我手边有两个她的电话号码，我预感自己有苦头吃了。

我很累很累却睡不着，真是奇怪。是因为遇见上帝才这样吗？或者是因为遇到艾莉丝？多年来，我的感情平淡如水，现在突然间又丰富了起来。我希望今晚不要做梦——通常生活中发生某些事情时，我就会做梦。我很怕做梦，不管好梦或噩梦。一场梦就像一段被偷走的生命，我们什么都无法控制，也永远不了解究竟发生了什么事，只有在睡醒后会花上好几个小时不断自问为什么做这个梦，甚至还会搞砸接下来的一整天。上次我做了一个梦，梦见回家时发现床上有个巨大的鸟巢，一只鸟从巢里出来——是一只云雀，它自己说的——非常坚持地要教我跳舞。既然它那么坚持，我只好接受，于是我发现自己身处客厅，跟一只体形和我一样大的鸟儿跳起华尔兹，而且我似乎不觉得这件事有什么不对劲。就这样，梦醒之后的我很努力地试着从中找出某种象征意义，但除了我疯了这个可能性之外，我想不出个所以然来。改天来问问上帝好了。不过今晚算是特例，我竟然非常想要梦见艾莉丝。

我所害怕的事发生了：她已经有两个晚上没有来了。这有两种可能，一是我真的不讨她喜欢——若真是这样，也没什么好说的了；二是她认为既然她都把电话号码留给我了，那么就应该由我先采取行动，跨出第一步，或许该说是第二步吧。截至目前，我的运气都不错，总是女生自己找上门来，是她们选上我的——几乎可以这么说啦。但现在，我想该是我跨出第一步的时候了，于是我下定决心，打电话给她。

“喂？”

“你好，艾莉丝，最近好吗？”

“噢，是你啊，我还在想你是不是把我的电话号码给丢了呢！”

“才没有，干吗这样讲！只是，嗯……”

“你希望我今天晚上过去吗？”

“是啊，我希望，非常希望，假如你愿意的话。”

“那么今晚见啰，亲你一个！”

就这样，大功告成，真是爽呆了！甚至花不到十秒钟，太棒了！坦白说，保持低调根本没有用，还是坦白一点比较好，只要一通电话，就促成了一个秘密约会。今天晚上我要穿衬衫。咦？

“不要穿这件衬衫，她不喜欢黑色的。”

“你来之前都不用先通知的吗？好，那么她喜欢什么颜色？”

“蓝色比较好。”

“喂，你现在这样做合法吗？把她的事情告诉我没问题吗？”

“合法？这是最好的方法！”

“你很清楚我想说的是什么……”

“听着，我只是像个朋友一样给你建议，唯一不同的是，我是个什么都知道的朋友。但假如你觉得这会有道德上的问题，那我就什么都不告诉你了，随你高兴。”

“别这样嘛，对不起啦，请继续。那我就穿上蓝色衬衫啰。她还喜欢什么？”

“我是很想告诉你啦，但我可不想因此进牢房……”

“看来你是不会放过任何损我一顿的机会了！我问的又不是太过私密的问题，只是问你要怎么讨她欢心。”

“留上三天的小胡子会很完美。”

“哎呀，我今天早上才刮过胡子，所以没办法了。除此之外，没有其他的吗？”

“没了，就这样了。祝你好运。”

我很紧张，艾莉丝好像也是。她几乎没说话，但开场白还不错——她到的时候在我脸颊轻轻亲了一下，然后跟我说感觉有些刺刺的，不过很适合我。当时我并没有意识到是怎么一回事，但是我摸了一下脸颊，感觉到有些小胡楂。干得好，上帝，连我自己都没发觉呢！

不过在我们闲话家常之后，整个气氛变得有些沉重，令人尴尬的沉默持续太久了。我真的搞不定，无法让艾莉丝像上次一样大笑，甚至不知该做些什么才好。现在她跟我说她该回家了。她当然想回家，因为她受够了。算我活该吧。她绕过柜台来跟我说再见，现在我被讨厌了。

“亲她啊，笨蛋！”

“什么？”

“你要亲她一下呀，哎哟！”

“还是过阵子比较好吧，她怪怪的，几乎没说什么话。”

“那是因为她处在和你同样的状态中！你们两个期待的是完全一样的事，但就是没人要往前跨一步……瞧你们两个那矬样，人家还以为你们未成年呢！真受不了，两个人看起来都好像只有十五岁！”

“好，那我要试着亲她啰。不过假如我偷鸡不着蚀把米，我会回来跟你算这笔账，别说我没警告你！”

“哎哟！这是在威胁我吗？看看我的手，你有看到我吓得发抖吗？没有？很正常。听着，会成功的，我只是稍稍为事情加把劲，因为如果让你们自己玩，可能还得拖上好几个星期呢。所以，赶快上吧！”

就初吻的场合来说，这还真是个奇怪的地方。当她走向我的时候，我抓住她的手，两人就在一堆情趣用品当中拥吻起来。俗话说得好：“管他瓶大瓶小，能醉人的就是好酒。”就在这伤风败俗的柜台后方，我让自己陶醉在她双唇的温柔中，陶醉在我们互相拥抱的热情里，品尝几口幸福的佳酿。

这一切都要归功于他，有他当朋友真的很幸运。一想到这件事，我就觉得很有趣：上帝竟然是我的哥们儿！

“你说得对，我们亲吻过了。真是太感谢你了！”

“哟，很热情嘛！”

“你不得不承认，她真的很棒，而且很聪明！我太开心了，就像身处云端。我们所说的……天堂，应该就像这样，对吧？”

“什么？”

“我说，天堂应该很贴近我感觉到的一切，对吧？就是我们所谓的‘身处云端’。”

“什么天堂啊？”

“等等，天堂总该存在吧？”

“没有。”

“怎么会‘没有’呢？”

“‘没有’是个副词，用来表达否定。顺带一提：‘没有’

代表天堂不存在。”

“我已经很清楚了，多谢。不过你知道吗，你这么一说可浇了我一盆冷水。你是想破坏我的幸福美梦还是怎样？”

“不然你期待什么？你期待人一死，背上就会长出翅膀，然后头上出现光圈吗？还是你期待自己死后会缓缓升到天上，然后跟科吕什[1]或拿破仑切磋一下，看谁说话比较低俗？或者你何不跟雷米[2]打一场牌，不也很棒吗？”

“这么说，人死了之后就什么都没有了吗？”

“有，会有个问题。”

“问题？什么问题？”

“好，专心听我说，因为我要向你透露一件最重要、最基本的事。”

“哪一方面？是上帝的秘密吗？”

“可以这么说……好，你要听我说了吗？”

“洗耳恭听。”

“那我开始说啰。人死后，什么都没有，没有地狱、没有天堂，什么都没有。但是死亡当下会发生某件事，就在心脏停止跳动的那一刻，所有人都会遇到我，我会让他们看到我的存在，然后，问他们问题。”

“这个问题是什么？”

1.Coluche，20世纪法国幽默大师。
2.Raimu，法国著名电影演员。

“不是‘这个问题’，而是‘问题’，真正重要的唯一问题。”

“告诉我！”

“当然不行！就我所知，你死亡的时刻还没到吧？”

“关于这一点，你知道的肯定比我多。”

“你现在绝对不会死，我确定。”

“但是，假如我就像你所说的那样独一无二，那么你既然可以在我活蹦乱跳的时候就选上我，代表我已经准备好要听这个问题了！”

“不。关于我们相遇的理由，我保证你死前一定会知道；而这个大问题，也只有等到你心脏停止跳动的那一刻，你才会知道。不管是你，或者所有人类，在这件事情上面都是一样的，只有在那一刻才算准备好。改天见。”

上帝提到天堂的那些话，让我感到失望，但他帮了我和艾莉丝那么大的忙，我不能生他的气，那样太不通情理了。倒是“问题”这件事打乱了我的思绪，让我不停思索。打从跟他相识，我的生活就改变了，最后，我的内心世界也跟着起了变化。

昨天她也来了，而今晚她留下来等我下班，我们一起回去，回她家去。一切水到渠成，她静静牵起我的手，带我进房，我就在那里脱下她的衣服，微微颤抖着——可是天气并不冷啊——然后做爱。我们并不像书中描述或电影里头演的那样激烈做爱，反而比较像初夜。两个人都有点紧张，试着不要将速度与匆忙、欲望与另一种饥渴混为一谈。我们希望自己什么也不想，脑子里却有太多东西翻搅，所以显得有些笨手笨脚……不能操之过急啊，必须表露出自信神采；不能有中断时间，尽管我们时间多得是。然后，我们感受到与其他人在一起时感受不到的东西。姿势一样，意义却不一样；心脏没有跳得那么快，却跳得很厉害；手以同样的方式爱抚，却更为炽热。最后，到达高潮了，一种极度的快感，比任何感受都要强烈，一种无法言说的瞬间。就在这几秒钟内，我的双腿一软，眼前发黑，产生耳鸣，所有感官都失去运作，只留下欲望，没有其他的。

人们经常谈到第六感，这个第六感就是欲望。光一个第六感就能控制其他五种感觉——它利用其他五种感官而生，将它们熄灭而凸显自己的存在，并且在欲仙欲死之后，让这五种感觉恢复运作。

我和艾莉丝一起度过的第一个夜晚实在太不可思议了！之后几个晚上几乎也是如此，我们无法停止做爱，尤其是艾莉丝。至于我呢，在一连三天持续这样的节奏之后，我已经有点虚弱，快要无力上战场了。为了避免出糗，我回到情趣用品店拿了一瓶春药凝胶——好几个顾客都向我吹嘘过这玩意儿有多厉害。当我意识到她并不反对再来第三次时，我还真有些难以启动呢。于是我躲进浴室，把那一小瓶药藏在那里，开始按照说明书上的指示，慢慢涂上一些些……

“哟，我们的卡萨诺瓦[1]失去雄风了啊，真丢脸！”

1.Casanova，十八世纪的意大利风流才子。

“上帝，拜托你，现在别闹我！”

“对不起，我就是忍不住！”

“拜托你行行好，滑稽先生，你能不能设身处地为我想想？你这样要我怎么回去面对艾莉丝，怎么开始另一回合？你把一切全搞砸了！”

“我真的觉得很抱歉，但你不得不承认，一件好笑的事情值得用一些牺牲来交换吧！”

“是是是，尤其乐的是你，被牺牲的却是我这个可怜蛋……”

“假如你愿意，我倒是可以做点补偿。我只要轻弹手指，像这样，当！你就能拥有年轻男子的精力，而且还是个血气方刚的猛男！你意下如何？”

“不，谢了，我对你搞出来的蠢事没兴趣。再说，我知道你会怎么看待我——你会把我看作一个小色鬼……”

他对我微笑，挥了挥手，然后我发现自己又一丝不挂地在浴室里了，手上还拿着那瓶药。我觉得自己真是够蠢，今晚已经没有跟艾莉丝做爱的兴致了。我得赶紧找个借口，再说，她已经在叫我了：“你到底在干什么啊？我在等你耶！”

“嗯……我来了！我刚刚在找阿斯匹林，因为头突然好痛。我觉得很不舒服，状况好像不太妙……”

需要时间的告白

成功了，我和艾莉丝跨越了一步。我们今天搬家了，不是搬到我家，也不是她家，而是搬到其他地方，搬到我们的家，住在我们的公寓里。不过这一步说到底也不算太大，因为我们其实一开始就同居——几乎算是啦。我和艾莉丝的关系虽然对我来说是个合乎逻辑的发展，对她而言却复杂得多。她得跨越一道深渊，跨越她内心那道恐惧的鸿沟。她从来没跟我说过，但写信告诉过我。她经常在我的床头柜留下小字条，里头无所不谈，因为她更知道如何用书写的方式来表达，而非口语。有一天，我醒来时看到她留的这张字条：

我的男人：

对大多数人来说，情感的诞生是个珍贵时刻，是一种自然而然产生的幸福感。但是对我而言，爱上一个人，却不知道自己是否被爱，是无比痛苦的时刻，有着难以承受的风险。情感产生时，有些人眼前出现玫瑰捧花，而我呢，心头涌上的却是一片漆黑，一片承载着许多问题与恐惧的黑暗。所以，你必须爱我，必须告诉我你爱我，必须表现出来——随时随地，每一天。而且不要生我的气，因为我需要时间才说得出“我爱你”。

我倒是一直毫不犹豫地对她说“我爱你”。这对我来说是那么自然，连我自己也吓了一跳，因为我从来不曾如此主宰自己的情感，跟别人交往也没有成功过。但是这次真的、真的不同了。我很快地就对她说出这句话，就在交往两三个星期后——我想应该是吧——而且经常重复。在她留下那张小字条之后，我更是不停地对她说着一连串的“我爱你”。我爱你，当我们牵手的时候；我爱你，当我们拥抱的时候；我爱你，当我们做爱的时候；我爱你，当我们什么都不做的时候；我爱你，当我无话可说的时候；我爱你，当我们无所不谈的时候。我爱你，可以用来打破沉默，而且从她眼中阅读她的思绪时，我会代替她说，我爱你。我发现这句话让她感到很舒服，每次我说完“我爱你”，她都会对我微笑，很激动地用手背抚摸我的脸庞，或是窝在我怀里。然后有一天，大约三个月后，她终于对我说出口了——这几个字就这样从她嘴里蹦出来，非常自然。她稍稍退后一步，然后冲进我怀里，仿佛想要把自己藏起来，接着紧紧抱住我，好久好久。她喘得很厉害，我也是。我对她说，我们或许该去找间公寓一起住。她把头依偎在我胸膛，点头答应。

从今以后，我们会相爱，我感觉到了。反正我什么都不求，只要可以跟她一起生活就好。至于其他方面呢，工作就像往常一样平淡无奇，艾莉丝的学业也结束了，明年就可以开自己的诊所。总之，一切都上轨道，而我呢，没什么怕的啦！

今晚是双喜临门的庆功宴。一方面，是我们的乔迁酒宴；另一方面，是要庆祝艾莉丝取得博士学位。我们摆起盛宴招待客人，还叫了外烩。她的父母手头宽裕，这还真不赖——“宽裕”是他们自己说的，事实上他们很有钱，应该说近乎富有吧。当然，起初他们并不是很乐意见到自己的女儿和我这样的男人约会，尤其不满意我的工作。但事情很快就摆平了，因为他们发现我很聪明——好像是这样，反正是艾莉丝跟我说的。而我呢，倒宁可相信自己是善良或风趣。反正只要一切进展顺利就行了，我们也不是常常和他们见面。

这场宴会唯一让我略觉无聊的，就是我只有一个客人——赫奈。艾莉丝倒是有一大堆朋友，当然，都是她的同学。我实在不太喜欢有那么多人在场，因为很吵，我希望宴会是安静而平和的。艾莉丝的朋友接踵而至，她把我介绍给那些我不认识的人。其实帮我介绍朋友根本没用，因为我永远记不得他们的名字。那些跟我说过话的人，除了艾薇儿之外，我根本搞不清楚谁是谁，而我之所以记得艾薇儿，是因为她很独特，而且每次我说笑的时候，她总会在该笑的地方大笑。哦，我还注意到托马斯，因为他摆明了对艾莉丝有爱慕之情。这我倒不介意，因为我了解他的感受，但是我得监视这个人的一举一动。

这场宴会整整有十五人。对我来说，这顿饭实在令人难以忍受，因为他们谈论的话题都绕着博士学位打转。有些人之所以没通过，是因为评审委员或论文题目——显然错不在自己；而已经取得学位的人呢，就把这样的好结果完全归功于自己孜孜不倦的努力及某种程度的牺牲。赫奈一开始也不知道怎么搞的，竟然莫名其妙地不想坐在我旁边，这下可好了，现在他不停地用一种恼怒的眼神瞪着我，我也只能耸耸肩，用脑袋瓜示意：“没辙啦，我们只好这样撑过整场晚宴了！”可怜的赫奈，身处这群年轻人之中自然无用武之地。我虽然不属于他那个年龄层，但也无聊透顶。最惨的是，这些人还打算把家具搬开来跳舞。如此一来，赫奈就会提早离开。我也想溜啊，但我是主人，得留下来忍受这冗长的晚宴！

我不知道他们什么时候开始跳起舞来，每个人都在跳舞。我开始觉得受不了，音乐声吵死人了，整间客厅弥漫着二手烟。而坐在我旁边那位不跳舞的女孩也令人难以忍受，因为她声嘶力竭地高唱所有歌曲，没有漏掉任何一首，显然非常乐在其中。这位姑娘竟然把每一首歌的歌词都记住了，简直像一部小型自动点唱机，而且戴着一副丑得要命的耳环！最糟糕的是，偶尔她还会轻轻摆头，对着我微笑，眼神仿佛在说：“来啊，你也试试看吧，你会发现这很棒！在唱歌的时候，生命更加美好了！”我得冷静一下、休息一下，只要几秒钟就好。于是我呼唤上帝，轻轻地，甚至没动嘴巴。但是他没有回应我，而另外一个人唱得更大声了……我深深地吸了一口气，试着用更大的声音呼唤他，还是没有回应。我再也受不了了，于是用尽力气……

“上帝！”

所有人都盯着我瞧。完蛋了，我大叫“上帝”的时候，刚好是两首歌之间的空当！而且这时我发现自己不仅没有身处云端，所有人还都盯着我。他们一脸错愕，尤其是艾莉丝。她飞快地走到我身旁问道：

“你刚刚说什么？”

“呃，我吗？没有啊。”

“明明就有。你在大喊‘上帝’！你有病啊？”

“哎呀，你在说什么啊？我不是叫‘上帝’，我是叫，嗯……‘上点火’！”

“啊，上火要干吗？你现在抽烟啦？我就知道……你啊，你喝不惯酒啦。把这给我！”

她把我手上的酒杯抢走，边摇头边把杯子放在桌上，翻了个白眼。幸好她没去闻杯子里的东西，因为里头装的是柳橙汁。音乐又开始了。

“下次你就知道，只在脑子里呼唤我也是可以的。另外，你也会知道我并不是随传随到。不要以为我是故意不到，你懂我的……不过我简直笑翻了！”

真是丢脸死了。

托马斯离开时紧紧握住我的手，他认为有必要这样跟我说："你的运气真好……"还直视我的眼睛，带着一抹微笑，仿佛非常真诚。当我把这个画面转述给艾莉丝听，还补充说道："希望我们再也不会见到这家伙了。"她答应了。不过在这之前，艾薇儿也对我吐露同样的心声："艾莉丝运气真好。"我说我注意到她也取得博士学位了，不过她没再说话，所以我也没有进一步行动。

完美的婚礼

以前我总觉得那些在自己婚礼上哭得一把鼻涕一把眼泪的人实在可笑至极，但现在风水轮流转，换成是我了。当我看到艾莉丝穿着美丽的白色婚纱，我哭得像个孩子，而且最糟的是，我根本不觉得丢脸。我要结婚了，是我耶！这简直让人不敢相信！不久之前，当我打算向她求婚的时候，心里还想着：“娶她是我的命，我心里有数。”

“上帝？”

“什么事？”

“我只是想问你一个问题：艾莉丝和我是命中注定要相遇的吗？”

“是的。”

“我就知道……”

“不过——我这样说可能会让你大失所望——这情况对所有人都是一样的。‘命运’这个词，是因为人类相信才存在。你们相遇了，所以这是你们的命，而非因为这是你们的命，所以你们才相遇。有点像马后炮吧。”

“我懂了，是缘分大小的差别。”

“简言之，‘命运’跟‘事实’是同义词，也就是说，‘这是我的命’可以替换成‘我遇上了’。反正信者恒信，不信者恒不信，两者没有多大差别，只不过你会想赋予这个现实状态一个特别的意义，去凸显某个正面或负面事件。因此，你会说一场疯狂爱情或死亡悲剧是命运所致，大多数人都会这么说，却从来不曾认为那些平常事物是一种命运。例如，你刚刚是不是吃了一块三明治？”

“是啊。”

“这就对了。吃掉那块三明治就是你的命，对艾莉丝也是同样的道理。不好意思哦。”

“噢，是哦。看来，我还真不该问你啊……算了，问都问了，还是谢了。拜！”

这就是我和他的关系的唯一负面之处：我会失去一点梦想、一点幻想，失去对事物的浪漫感，因为我什么都能知道。

在稍加思索后，我对自己说，或许我问错了问题。命运只是人类的创作，这我同意，但我对艾莉丝的爱情可不是幻觉，而是真实存在的。于是我问上帝，艾莉丝是不是我的真命天女。他只简单地回答我“没错”，还告诉我说，其实我早就知道了，所以他的回答并不算泄露天机。怪不得我会觉得内心的爱如此强烈。不过谁知道呢？问一下，多一份保证也不赖啊！再说，既然上帝都敢打包票说我终其一生都会爱这个女人，我看不出除了向她求婚之外，还有其他选择。

我想用一种简单却有创意的方式向艾莉丝求婚，差点儿想破头，终于还是找到了。某天晚上，我悄悄把戒指挂在她那串钥匙上；隔天一早，我还在吃早餐的时候，她已经要出门工作了。出门前，她向我说再见，什么都没发现，我有点失望；但是几秒钟后，她又打开大门，目瞪口呆、缓缓地走向我。

“你想和我结婚吗？”

“是的。”

“一辈子？”

“不，只有一星期，之后再看看……当然是一辈子！”

她猛然冲向我，把我的早餐都打翻了，咖啡洒在地上，杯子也破了。她抱着我、亲吻我，让我快要窒息了。像她这么有洁癖的人，居然对满地杯盘狼藉视而不见，那肯定是答应了。

艾莉丝完全不打算在教堂结婚，这对她来说很明确，因为不符合家庭传统。但是我突然想到上帝，所以觉得里外不是人，十分为难。

“你知道的，关于结婚这件事，艾莉丝和我还没有真正达成协议……”

“噢，她不想嫁你啦？真是让人松了一口气，她好像清醒了嘛！”

“能不能麻烦你正经个两分钟？我要跟你说的事情让我很困扰。听好：艾莉丝并不想在教堂结婚。”

“所以呢？”

“所以我不希望你因此生我的气。你或许很期待我们会在……会在你面前结婚，就像人们说的‘请上帝做见证’。我诚心诚意地跟你道歉，但我不认为自己有办法让她改变心意……”

我这么伤脑筋，看在他眼里似乎很有趣，因为他露出一抹我很喜欢的小微笑。他马上向我保证，这对他来说根本不成问题。当我问他原因时，他告诉我，假如所有伴侣都像我们一样深爱彼此，那么结婚仪式或许根本没有必要存在。这一切对他而言一点妨碍也没有。这种说法真是太贴心了，让我很高兴。

婚礼这玩意儿很有趣。参加别人的婚礼时，我总觉得无聊毙了。吃东西的时候，我会低调地打量周围的人，然后发现其中有些人似乎非常迫不及待地想回家——我完全有同感。但如果他们和我的处境相同，如果他们知道只要举办婚礼，就有机会和艾莉丝结婚、被她所爱，然后日复一日跟她生活在一起，那么他们就会明白：这场婚礼是一定要的啦!

有人事先告知我和艾莉丝，典礼开始前我们得先发表一小段感言。说是有人告知，其实这是她母亲的坚持。婚礼前一晚，我们都得把自己的演说稿写在一张小纸条上，另一半也不能知道内容，这样才有神秘感。在大庭广众之下讲这些事，让我觉得有些丢脸，但是我豁出去了，准备了一套老生常谈，跟大家说我有多幸福、我的生活如何改变了、我有多开心每个人都可以来参加、我的妻子又是多么美丽。我一向不擅长写作，但最起码我做到了。

轮到艾莉丝时，她只是简单地说："我由衷感谢大家能够来参加我们的婚礼。"然后就坐了下来。我对她做出一个自己被摆了一道的眼神——我昨天明明看到她在写讲稿。她告诉我，她只为我一个人写，跟其他人没有关系，然后偷偷把一张纸条塞在我手中。我拿到膝盖旁，在桌子底下把纸条摊开来，这样才不会被人看见。艾莉丝的纸条上头写着：

来自我内心最深处的感谢，谢谢你在我身边。

餐会结束后，整个气氛变得热络起来。应该是酒的功劳吧，一些姑婆、舅妈终于愿意摘下丑得要命的帽子，而少妇们也慢慢脱掉开襟小披肩，露出令人神魂颠倒的胸、肩与背部，让那些单身汉看得眼都直了，当然其他人也一样兴致勃勃。艾莉丝一位舅舅的衣服颜色和他太太的脸色一样黯淡，但他似乎十分陶醉在某个伴娘放肆搜寻猎物的眼神中，邀请她跳一首超土的摇滚乐曲。他着急地想赶上他年轻舞伴的卓越舞技，所以跳得像个发癫的木偶，唯一的不同是他会不断冒汗。但他的运气显然不错，接下来是一首慢舞，于是他逮到机会，尽可能贴住他的新意中人。他露出一种贴近天使的神情，完全把自己的妻子抛在脑后，而他太太也只能装作视而不见。但是，当他很不巧地让一只手闲逛到这位年轻女孩的背部下方时，他的太太连忙冲进舞池，扯开嗓门大声喊道："亨利！我们回家！马上！"这些话让舞池里一半的人大笑起来，却也吓坏了另一半的人。而我当然是笑了，整个气氛闹到最高潮。

婚礼进行得很完美，但我的晚宴尾声有些苦涩。赫奈离开前来跟我拥抱，并再次向我道谢——这已经是他第十二次感谢我邀请他当证婚人。这真的让他很开心，我甚至觉得他在结婚证书上签名时，还落下一滴眼泪呢。看他那么感动，我觉得很有趣。我事先跟他说过，在他离开前我想跟他谈谈，于是这时我向他宣布，我决定辞掉情趣用品店的工作了。

“我已经受够每天晚上只能跟艾莉丝相处一小时，她下班回家，正好是我要上工的时候，我们就这样擦肩而过。现在我结婚了，希望有正常的上班时间，可以让我们拥有较稳定的夫妻生活。你能了解吗？”

“但是从你们谈恋爱到现在，一切都进展得很顺利，不是吗？就我所知，这份工作也没有影响到你结婚啊。”

“这倒是真的，但我想休息了……”

“为什么你要全盘改变呢？假如是钱的问题，我可以调整你的薪资，你知道的！”

“问题不在这里。请试着了解我，赫奈……”

“我所了解的是，你之所以能遇到她，也是多亏了我。原本一切都还不错，结果现在你想过河拆桥，想把我甩掉！”

“你不要这样想嘛……”

“你怎么对我，我就怎么想！去吧，去跟你的心理分析师好好过生活吧，现在我对你来说已经不够好了。我们这位伟大的先生对自己的工作感到丢脸了……”

“喂，赫奈，你可是我的证婚人耶，说什么丢脸？这跟那一点关系也没有好吗！”

“有，有关系，瞧她把你哄的！那么，你就去走你的阳关道，我过我的独木桥，反正我现在对你来说一点用处也没有了！再说，听着，你也没有必要回店里来，我会把薪资用支票寄给你，这样我们连话都不用说了。”

“可是……”

“没有什么好可是的。就这样，账也算清了，再见。祝你蜜月愉快，好好玩吧。没有你，我自己会看着办的！”

赫奈拉着他太太的衣袖离开了。就这样。

我被这场面弄得有些心烦意乱，但我决定不去理会，至少今晚不想这件事。赫奈过得去的。晚宴结束后，我和艾莉丝前往为新婚之夜预留的小套房。我们之前约好在婚宴中别喝太多酒，也不要吃太多东西，以免搞砸了我们成为夫妻的初夜。我不知道什么时候看过一篇算是相当严谨的统计学报告，里头提到大多数的新婚之夜可不是在演练某些小腿悬空的秘技，而是偏头痛与鼾声的精彩表演，这都是酒精搞的鬼。而我们想要的是一个充满激情、真正爆发欲望高潮的重要时刻。

艾莉丝先进浴室，出来时身穿黑色丝质短睡衣，睡衣都快掉到地上了。接着轮到我也去快快冲个澡。我梳过一次头发之后，又梳了第二次，然后终于打开浴室门，这时，眼前的画面让我的血液顿时凝结：艾莉丝坐在床沿，而她嘴里的是……她的脚！她正在啃脚指甲，就在这里，在我面前！我被这景象吓傻了，完全无力反应。然后她看着我，泰然自若地说道：

“怎么啦？”

“亲爱的老婆，你怎么了？”

“噢，是这些脚指甲跟我过不去。你别摆这张脸，我们现在已经结婚了，就别再装了吧！”

“艾莉丝，这怎么可能？这不会是你，也不会是今晚吧……”

就在这时，她大笑了起来，然后对我说：“就是我啊，白痴！”

瞬间，她变成了上帝的样子——或者应该说，他又恢复自己本来的样貌，在他不知羞耻地借用我太太的外表之后！

“我真是不敢相信！你觉得整我很快乐吗？”

“哎呀，你真该看看自己的脸，真是精彩极了！全世界最大的幻灭就摆在你脸上，真是伟大的时刻啊！”

“你这家伙居然还对自己的把戏沾沾自喜！话说回来，你是怎么做到的？艾莉丝在哪儿？”

“艾莉丝在你们的小套房里，是你不在那儿了！我想办法把你弄出浴室，让你来到这里时，并没有使用闪电当布景，只是再造了那个房间及所有摆饰，所以我们这位先生呢，就认为他那充满魅力的梦幻公主就此蒸发了。我真是太强了，哈哈哈……”

他不停地大笑着。我松了一口气，庆幸自己只不过是落入他的圈套，于是也大笑了起来。再说，假如我有他那种能力，可能也会做出同样的事——也或许不会，我会把他整得更惨。

他一如往常、愉快地挥手向我道别，而我发现自己又回到了原来的浴室。我走出浴室，把目光投向我的艾莉丝，那个真正的艾莉丝，她正舒舒服服躺在床上，看着我，拉开属于我那一边的被单，对我说：

“这个微笑有什么意义呢？”

“什么也没有，我的心肝宝贝。这个微笑里只有幸福。”

儿子的出生

我实在很难接受这个圆圆脏脏的小东西，这个正扭曲变形，甚至可能扭曲到无法恢复的小东西，这个正从艾莉丝的产道开始自己人生的小东西，竟然是我儿子。头已经出来了，然后是双肩，现在是上半身……我正成为父亲……骨盆出来了，小腿出来了……我是爸爸了！这个孩子刚刚让我升格成了爸爸！我的一边脸颊有一滴泪，然后是第二滴，接着泪水就止不住地流下，我和艾莉丝不断对彼此说着我爱你。我对自己说：“我太太从今以后将不完全属于我了，因为她也属于我的儿子。”我甚至有预感，她在某段时间内将完全属于他，但我满心愿意与他一起分享这个女人。

“上帝在吗？”

“什么事？”

“是个男孩！”

“真的恭喜你！他将会有美好的一生。”

“你是因为已经知道他会有美好的一生，才这么说的吗？”

“没错。”

“那我就更高兴了。他叫里欧，是艾莉丝取的名字。”

“我也很开心。去吧，回到他们身边去，我们下星期见。”

我们每星期二晚上十一点见面已经成了习惯，这时间是自然而然定下来的，并没有刻意约定。之前我还在上班时，这个时段算是离峰时间，所以很方便。当然，我也可以在一天当中的任何时刻和他见面，因为和他在一起时，时间不会流失，所以在这段停顿的时间里，我可以放心思考要问他哪些问题。回到现实世界后，我还能拥有些许宁静时刻，让自己稍微咀嚼一下我们之间的对话内容，甚至再好好地想一想。

我不去情趣用品店上班之后，我们还是维持同样的见面方式。而随着时间的推移，我越来越少提出比较形而上的问题。但整体而言没什么改变，我们总是谈论许多事，有时也会聊一些严肃的主题，几乎无所不谈，聊我一天当中发生的事啦，聊我的烦恼啦。

他不再是个朋友了，现在比较像我的父亲。以往扮演这个角色的是赫奈，但自从我结婚典礼那天起，我就没再见过他，已经两年了……尽管我打过好几次电话给他，但他一直不想跟我说话。我不能理解他的反应，觉得自己被遗弃，再次被抛弃了，于是变得更黏上帝。现在我只剩下我深爱的他、里欧与艾莉丝，也就是我的父亲、我的儿子，以及我杰出的智多星。说杰出算客气的了，我妻子的聪明才智可是呱呱叫，她想做的事没有不成功的；她的学识渊博得惊人，尤其跟我比起来；她的诊所也发展得很顺利，赚了很多钱，足够我们三个人生活。我显然可以不工作，但我坚持保有财务独立，用这种方法维持我男子汉的地位。这种行为虽然很幼稚，但是我觉得自己应该承担责任。

而且，找新工作其实并不难，因为我有上帝相助，所以很快就拥有了现在这份新工作。之前离开情趣用品店后，我休息了两个月，但很快地，我又想再次进入职场，于是询问他的意见。

“我认为你应该完全转换跑道。”

“我是很想啦，但是最近这段时间，尽管我很努力找工作，却什么结果也没有……”

“那是因为你太小看自己了！你拥有一些自己想都没想过的能力，所以把野心放大一点啦……”

“怎样才算野心大一点？你有什么想法吗？”

“有啊，我已经帮你找到一份完美的工作。”

“你是说真的？是什么工作？”

“在某间公关公司当设计师。”

“漂亮！不过我对这工作的性质一点头绪也没有……”

“那算是创意工作，有点像广告界。”

“但是我又没学过……”

“创意并不需要文凭。”

“是没错啦，但这些工作是有行话的，你知道，就像我们在电影里看到的那样。”

“我很快就能教会你说这些行话。”

“你看过我的履历了吗？”

“你就跟大伙儿一样，对自己的过去撒点小谎。”

“那如果我真的有面试机会，该对他们说些什么？”

“说那些老板想听的话。”

“什么？”

“我会让你把所有他们想听的话一字不漏地记下来，倒背如流。”

“等等，这太容易，对其他人来说也太不公平了吧！”

“没有人会受到严重伤害的，相信我吧。再说，这家公司离你家可是只有两步远，就在隔壁！怎么样？”

“好吧，试试看也无妨……”

“太棒了！我们开始吧，你要学的东西可多着呢！”

求职面谈当天，我在说话时，老板摆出一副很好笑的表情。他总是重点式发言，却一直打量我，并挑高眉毛、瞪大双眼，带着一副赞许的神情。然后，当他听到我说最近迷上日本棋道——其实这个游戏我几天前才知道它的存在——时，他的双眼转动得就像两颗玻璃珠，我还以为他要冲过来抱我了。最后他竟然跟我说：“您已经完全了解我们的工作了，欢迎您加入！”我觉得有点不好意思，不过算了，因为我真的很喜欢这个工作。我接触到许多人，发挥想象力，评估各种状况，说服别人。一开始，我并不是很了解他们问我的问题，于是马上在脑中呼喊上帝，这样我马上就明白了。而现在，我再也不需要他了。我如鱼得水，甚至觉得自己越来越聪明呢。

短短几年内，一切都变了，真是令人疯狂。谁会相信当年那个在情趣用品店工作、微不足道的单身汉，现在是穿着时尚感十足的衣服去上班？谁会想到当他回家时，他那宽广的公寓里有个很棒的老婆在等着他？如今我沉浸在满满的幸福中，在这间妇产科诊所里抱着这个小男孩，光是看他表演流口水、在我怀里沉睡，就让我目瞪口呆了。然后我看着艾莉丝，她跟宝宝一样睡着了，而且也在流口水，就从嘴角流下，一直流到呼叫护士的紧急按钮上。和儿子的口水相比，这一丝口水没那么让我感动，这是一定的，但我也不觉得恶心。艾莉丝身上的一切都不会让我恶心的，因为她是我儿子的妈啊。

照顾宝宝的家伙真是多到令人难以想象。公寓简直乱成一团了。他们几分钟后就会抵达，而我原本答应在出租车把他们载到家之前，就会把一切安置妥当的。结果我做不到，管他的！另外，我竟然还费了好大的工夫，制作了一张写着“欢迎你回家，里欧”的布条，并悬挂起来——当我回头仔细思索这件事，觉得自己实在太可笑了，因为他根本还不识字啊，他才出生没多久耶……幸福让我变笨了，但是我知道艾莉丝一定会喜欢，这才是最重要的。

事实上，当他们一进门，艾莉丝真的很喜欢那个布条，我很高兴。她对我说，她爱我，这让我更开心了。里欧倒是没有多大反应。我把装衣服的袋子从艾莉丝身上拿下来，又接过她手上那几块试用的尿布和诊所送给宝宝的一些试用品。我还不知道诊所会送宝宝礼物，这倒是新鲜事。艾莉丝坐了下来——或者该说她就这样瘫倒在沙发上——并让里欧躺在她身上，他已经睡着了。宝宝总是在睡觉，真是疯狂。

“我们现在该怎么办？”

“什么叫作我们现在该怎么办？我哪知道啊，反正就是想办法照顾。你才是母亲，你应该有那种莫名的天分，不是吗？你们的超能力可是连男人都没有的，大家不都是这样说的吗？”

“不，我的意思是，未来几天、几个月、几年，我们要怎么做？”

“最重要的应该是让他吃、让他睡，然后教他走路、教他说话，最后看着他长大，试着让他过得快乐一点吧。”

“是没错啦，但是我们呢？我们的夫妻生活呢？”

“我想我们会成为三人行。我必须提醒你，这也是我的第一次，我懂的并不比你多。”

“假如你离开我呢？”

“噢，这倒是新闻！你现在手忙脚乱是一定的。不久之前，有个朋友——我忘了是谁——才跟我说过：‘拥有一个孩子，等于把自己世界的重心转移到另一个人身上。’所以我们现在就把自己的生活重心转向他，然后再看着办。”

“我希望他跟我们在一起是快乐的……”

“那当然。”

“不要这么说，你又不能确定。”

“我就是知道啊。你不要烦恼啦，你了解我的啊，我很少判断错误……”

“但是这不一样啊，我跟你说的是未来。我们的生活是很棒，我疯狂地爱上你，但是里欧会改变一切。他会有自己的生活体验，会病得很重，可能会被人绑架或发生车祸。每天都可能发生悲剧，光是看报纸或电视就知道了……这些是你无法否认的事实。”

“我什么都没否认啊，我只是告诉你，这些事情不会发生在我们身上。”

“你一直都在我身边，安抚我的焦虑，而且最糟糕的是，我竟然相信你！你到底有没有意识到自己身上的责任？”

“当然有，我就是为了负责才在这里的啊。因为我就是知道，而且当我说‘我知道’的时候，那并不是一种疯狂的期待，也不是个愿望，而是事实。我知道什么事都不会落在我们身上。”

“我那么爱你……”

“我也爱你。我们会过得很开心，而且我们一家三口都会拥有一个美好的生命，没有什么好怀疑的。”

日子一天天过去，对于我们的未来，尤其是里欧的未来，艾莉丝依然十分焦虑。她始终困在一些黑色的思想里，而那漆黑的程度每每让我感到讶异。同一个问题她已经问了我上千次，而这一千多次我的回答都一样：“不要害怕。”我告诉她，我并不只是期待，而是知道一切都会很好。我向她保证了一千次，对她表露爱意一千次，在她眼中读到亟须相信我的渴望一千次，也感受到那种惊人的恐惧一千次。说来奇怪，她这个心理医生竟然认为我是她认识的人当中最能保持平衡的，甚至比她还要平衡，真让人难以置信。

“我可以保证，你真的是最能保持平和的人。我之前没说，是因为在工作上、在看诊时，绝大多数时间我都得跟那些心理不平衡的人一起度过，所以回家后就不想再提了。而你始终保持平稳的性情，烦恼从你头上滑过，不会对你产生太多不良的影响。我从来不曾见过你觉得压力大或焦虑，你好像一直很快乐，不是吗？”

“和你在一起的这几年岁月，我倒是真的很快乐；至于在这之前，我也不知道算不算快乐。反正，我从来不觉得自己不幸。

不过你也是吗？你快乐吗？”

“是啊，幸好有你，我很快乐。但是我害怕。”

“害怕什么呢？”

“我也说不上来，你不会懂的。但是你知道，大多数人对一切都会感到惶惶不安——对未来，对那些我们预期不到的事……”

“没有任何事需要预期啊。看看我们俩，什么都没准备，但也过得很好，这就对啦！”

“但是对我来说，一切并非如此单纯。我总是不由自主地臆测最悲惨的事，真的，尤其是晚上入睡前，所以我才会吃安眠药。”

“是吗？我以为你吃安眠药只是为了快点入睡……”

“不，吃安眠药是为了让我的思绪闭嘴。当安眠药开始发挥作用时是很棒的，我们会慢慢失去主控权，然后任由一切发生。但这也是一种该死的怪癖，比抽烟还糟糕。我很久以前就开始吃安眠药，久到不知道是什么时候开始的，不过上次究竟是哪个晚上没吃，我倒是记得很清楚。脑中同时乱七八糟地涌现太多念头、太多景象、太多臆测，是一种精神痛苦，而吞下一颗安眠药就如同当头棒喝，可以阻止你继续想下去，这是最大的好处。倘若这颗药的药力不够强，那么混乱的思绪就会占上风，然后我们就会陷入难忍的旋涡中，落入自己最深沉的那个部分，必须去面对我们宁可不熟悉的各个面向。只有在入睡前，我们能把事情看得更清楚，但这也是最惨、最危险的时刻，所以我们吃下安眠药，决定当晚不再对自己开战。这其实是非常糟的借口，但是手无寸铁时，除了吃安眠药，恐怕也无计可施。我想，人们成年后之所以会吃安眠药，都是因为小时候没有人为我们唱摇篮曲。”

从那天起，我就了解艾莉丝为何总在睡前对着我们的儿子唱童谣了。她并不只是为了让他入睡，同时也是要保护他。一首摇篮曲可以让他在未来不必去对抗自己的思绪，一首摇篮曲可以让他产生对抗自己的勇气，一首摇篮曲可以让他成为一个男人。

第一次吵架

不久之前，上帝又找到让我笑翻的新把戏了：当我到摇篮旁看儿子时，他有时会稍微改变一下里欧的样貌。第一次，当我掀起盖住儿子脸庞的被单时，竟发现他长了个猪鼻子！惊魂甫定之后，我笑到不行。之后他就常常开这样的玩笑，像上次，我居然看到儿子长了小胡须，和我的胡子一模一样，看起来真怪，却很可爱，让人觉得他简直是我的翻版，只不过是漂亮版。

里欧虽然是我最大的幸福，却也是艾莉丝最大的苦恼，我想那是因为她太爱他了。艾莉丝的焦虑不仅没有缓和，反而变得更加深沉，甚至让她难以过正常生活。她不仅像母亲一样守护在身边照顾他、保护他，甚至还流露出惶恐不安的强烈焦虑。她的父母也隐约发现艾莉丝实在有点操心过头了，但他们什么也没说，并显露出一种了然于胸的神情。

至于我呢，艾莉丝对儿子的关心当然令我感动，但有时真的太过火了。她的行为变得有些可笑，每当要带儿子一起出门，就算只是出去兜个风，哪怕几分钟，她都要帮他穿上一件又一件的衣服：“我怕他会着凉，你不知道宝宝有多脆弱。”我只知道，凡是气温低于十五度，我儿子马上就变成爱斯基摩宝宝，整个人包得几乎无法移动，这时我就会问艾莉丝，她是不是想跟木乃伊宝宝出去逛大街，而她通常会回答我“不好笑”，然后背起一个装满食物与药物的超大包包。“谁知道会发生什么事，我也只是要预防万一啊！”我向她打包票，有了这样的装备，他们母子俩肯定能在恶劣环境中撑过整整十二天，也可以在缅甸丛林之类的地方存活下来。这时她会翻翻白眼，嘟起那令我倾心的嘴巴。而她出门前的最后一道程序，就是一而再、再而三地检查安全带是否确实地牢牢绑住——这条安全带她前一天晚上就检查过了。另外还得确认宝宝安全座椅是扎实地安装在车上，有时为了测试安全座椅是否安装妥当，她会拉扯得非常用力。我敢保证有一天她会把这个座椅给扯下来，而我也确定到时会听见她说："啊，你看，这座椅真的不够牢靠！"废话！她一天到晚用力扯，当然不牢靠啊。

于是我有了个主意：我想要求上帝帮她做些事。假如我无法说服她，那么他铁定可以。他一定行。

"告诉我，你能不能跟艾莉丝说说话？拜托你。我想她如果知道里欧将一生顺遂，就会松一口气了……"

"不，门儿都没有。"

"但你可以试试看，不是吗？她非常聪明，你知道的，她的能力也够资格和你相会啊。"

"不，一点也不，她还没准备好与我相会。我之前跟你提过的那个了不起的理由，那个你以后才会知道的理由，她并不具备。所以，不行，别再坚持了。"

"很好。不然你或许可以做件事，不让她知道也行，例如改变她的行为。你有足够能力做到，你可以让她不要如此不安，不是吗？”

“我当然有能力，但我不会这么做。”

“为什么？”

“因为你们有自由意志。我从来都不影响你们，你们并不是我的玩具。”

“但是我呢？你影响了我啊！”

“不完全是。关于这点，现在我不能说。”

“好吧。但是当你告诉我里欧将会过得很好，不是意味着你提前知道我们会发生什么事？那难道不是来自你的自由意志吗？”

“一点关系也没有，那是因为我能够穿越时空，去了解你们的未来。当我们在一起的时候，时间并没有流动，对我而言没有所谓时光流逝的问题，而你的时间也暂时停顿了，你没注意到吗？我想让一切更明确，我认为有必要在我们相见时以‘人类的模式’呈现自己，这样才能了解你们。但是我其实极少这么做，你想想，假如我跟你一样，一再地感受时间流逝，会是什么状况？我会疯掉！因为我是‘相对的’永恒。”

“什么叫‘相对的’？你不是真的知道未来吗？这么说你骗我！”

“我从没说过自己能以绝对的方式知道未来。我是说过，从你出生起，我就能知道你的一辈子，因为我可以在人类时间里移动，从一个时间点到另一个时间点。因此我所认知的未来，指的是从我跟你讲话的这个时刻起，以人类的时间计算方式往后推一百三十四年的这个范围。换句话说，我所知道的未来只到目前已出生，且比任何人都活得久的那个人的死期为止。慢慢来，你会懂的。所以我现在只能知道这一百三十四年内的事，至于一百三十四年之后的，我就不知道了，还得等另一个孩子出生，而这个孩子活的时间要比前一个孩子更久，我才能知道更久远的未来。瞧，另一个长寿小孩刚刚出生了，他叫‘茂’，是个日本人，他的生命将持续一百三十六年，这样我就可以知道未来这一百三十六年内将会发生的一切。就这样。换句话说，这一切会随着每个新生儿改变。”

“好吧，自由意志指的是你无法替我们决定任何事，但你对我们的一生却了如指掌。”

“没错，我的确什么事都知道，除了你们对那个问题的答案。那是我唯一不知道的事，而且也猜不到，你们有自由回答的权利。”

他很好心地教了我一些事——关于时空的概念，以及那个问题——也陪伴着我，但事实上他说的这些有什么用呢？我和艾莉丝的问题始终绕着同一个点打转。她的行为不正常啊，但每次我这样对她说，艾莉丝总是回答：“正常是不存在的。”而且她绝对够格讨论这个，因为她每天都得进入那些所谓正常人的脑袋中。如果我知道那些人脑子里都装些什么，铁定吓得屁滚尿流。好吧，我只得跟她说，这一切都是不健康的，但她就是不想听我谈这个，便岔开话题。这就是她的处事态度，我们两个从未争吵过，因为——当战况对她不利，她就会顾左右而言他。就算她在夫妻生活中占尽上风，但很不幸地，这样的态度解决不了她的问题啊。

因此，经过一番深思熟虑，我下定决心跟她谈谈上帝的事。既然上帝不想做，我就自己来。艾莉丝有必要知道儿子的未来，我觉得这是唯一让她不再如此焦虑的方法。既然好几个月以来，我已经用尽我库存的说服子弹，何不放手一搏？

“亲爱的，我得跟你谈谈。”

“你看起来很严肃耶，要跟我谈什么？”

“嗯，一件很重要的事，非常非常重要。你相信上帝吗？”

“为什么问这个？这倒是头一次……”

“是没错啦，但我必须知道。”

“好吧。听着，那得视情况，例如马克思的看法是……”

“停，我不想听你上课，也不想听你引用别人的话，我只想知道你自己怎么想。简单地回答我：你相信上帝吗？”

“不。”

“不？”

“不。”

“当你说‘不’的时候，是否意味着就科学层面来说，你怀疑有一种能够超越一切，以某种方式支配这个世界，或者至少以某种方式观察这个世界的思想形态存在……”

“不，我想说的是：上帝并不存在，那是一种幻觉、一种比喻。整体而言，根本没有这回事，根本不该当真。”

“哦，那好。亲爱的，现在我要告诉你一件很棒的事：上帝存在。”

“什么？”

“你听见啦。上帝存在，而且跟我很要好呢。你不用再烦恼了。”

“你以前可没唱过这出戏！”

“我觉得你并没有好好衡量我揭露的这个事实有多重要。我认识上帝。”

“拜托！我一整天都在忍受那些虚幻的呓语，假如晚上回到家还得工作，那我大概也只会稍微同意你的说辞。”

“你能不能暂且把那些科学、研究之类的东西放一边？上帝存在啊，我的宝贝。他对我说过，里欧一切都会很好，我们也会有幸福的一生，无须担心，没有悲剧，你懂吗？我们的儿子什么事都不会有。”

“啊！你想说的就是这个？你跟我掰了一套上帝的故事，就是要我停止为里欧担心？因为我似乎做得过火了，是这样吗？”

“是啊，你太超过，做得太过火了。听好，假如你稍微抽离开来看看自己的行为，就会知道事情不太对劲……”

“不，一切都很好。我呢，只是个为自己儿子忧心的母亲，不像我丈夫，宣称自己认识上帝，这才真的让我担心呢。我想有问题的人是你。”

“再说一次：我是亲耳从上帝口中听见，我们将有美好的一生，而且……”

“听清楚了，你觉得我太过分，这还说得过去；但如果你认为我是个白痴，会相信你说的这一套，那你就真的让我大失所望了——不，更糟的是，你已经伤害到我了。在你眼中，我究竟是个什么样的人？是个疯子吗？是个只要跟她说自己认识上帝，就能让她冷静下来，就能让她听懂道理的疯婆子吗？我在你眼中已经变成这个样子了吗？那么，或许你应该离开我，你知道吗……”

“别这样，艾莉丝……”

“你走！”

“艾莉丝！”

她大哭起来，转身离开，把自己关在里欧的房里。这是我第一次看她哭泣，也是我们第一次吵架。上帝早就警告我不该这么做，他说得对，我是笨蛋。没有人会相信这样的事，就连她也不信——尽管她对我有着满满的爱。艾莉丝在门后激动地哭着，我从来没见过她这样。我求她开门，但是她不肯，于是我也不再坚持。经过几分钟过于凝重的沉默之后，她大喊着要我走，于是我就出门去了。

我在外头走了几个小时，回家之后，家里已空无一人、寂静无声。桌上有张纸条写着：

到头来，走的人是我，你的疯女人要把你独自留下了。没有我，你就可以重新过着“正常”的生活了。

P.S. 里欧在我妈妈家。

你放心，我妈的思想很健康。

我不懂究竟发生了什么事，为何艾莉丝的反应如此大？这只不过是一场争吵啊。我同意这是我们第一次吵架，但也不至于会这样啊……我打电话给岳母，她告诉我里欧的状况还不错，但她很担心她女儿，因为她从没见过女儿这个样子。我跟她详述发生的一切，而经过一段冗长的沉默之后，岳母说："也该让你知道了。"

首先，她说她刚刚撒了谎，因为这并不是她第一次看到自己女儿处于这种状态，好久以前，在艾莉丝十二岁的时候就发生过一次。我这才知道她有个弟弟叫戴欧，当时四岁。以她那时的年纪来说，艾莉丝算是个非常负责任而成熟的小女孩，也很喜欢这个弟弟，因此当她父母要出去买东西时，他们偶尔会留艾莉丝在家照顾戴欧。她很喜欢当弟弟的小妈妈，对自己感到很骄傲，觉得自己像个大女孩。一切都很顺利，有时戴欧甚至觉得父母亲出门的时间不够久，还会任性地要求他们再出去，好让他跟他的艾莉丝在一起呢。

有一天，戴欧不想吃姐姐按照惯例帮他准备的奶酪三明治，死都不肯，最后艾莉丝不得不妥协，准备炸一些薯条给他吃。这看起来应该不难做，戴欧似乎也非常开心，因为他很喜欢把薯条放进番茄酱里蘸着吃。正在炸薯条时，艾莉丝接到一通当年小情人的电话，于是回房里去，免得弟弟妨碍她讲电话。接着，她就听到一声大叫，而这声叫喊至今都还会让她在夜里惊醒。

她连忙冲下楼，而映在她眼前的是掉落在地上的油炸锅，以及瘫倒在锅旁的弟弟。他已经失去意识，她也晕了过去，还是邻居过来救的他们。而因为烧烫伤的状况太严重，几天后戴欧就在医院里过世了。

弟弟死后，艾莉丝变得沉默不语，长达六个月之久，甚至还在特殊诊疗中心度过三年岁月，后来才慢慢有了起色。经过医生们日复一日的耐心照顾，她又回到正常生活，但再也不是同一个人了。不过，她倒是因此找到人生的路，知道自己以后想做什么了。就像那些曾经被火烧伤过的小孩，长大会想当消防员一样，艾莉丝想成为心理分析师去帮助别人，就像当年别人帮助过她、拯救过她一样。

我并未尝试与艾莉丝联络，也不想知道她人在哪里。我现在已经了解她为什么会有那样激烈的反应，为什么那么害怕我把她当成疯子，因为当年她在别人眼中很可能就是那样。而她照顾里欧时所产生的那些焦虑，如今在我看来似乎都很合逻辑。于是我决定什么都不做，只是等着她。

等待是非常可怕的，没有什么比这更糟的了。我坐在沙发上，却快要失去理智，思绪在脑子里转啊转，越来越黑暗、越来越快。她到哪儿去了呢？我不想呼喊上帝，不希望他来帮我或安慰我，因为我想为自己的错误负责，独自一人付出代价。

我倒了杯杜松子酒，希望酒精能帮助我冷静下来。她该不会去做傻事了吧？再倒一杯。她什么时候会回来呢？第三杯。她是不是马上就会回来了？我已经喝了四杯，或许是五杯。她音讯全无，我只能凭空想象，而我所能想到的都是最糟的状况。她还会爱我吗？我已经数不清自己到底喝了几杯酒了。

我已经连喝了两天酒，也失望了两天。什么都没有，也没有任何人来，除了艾莉丝的母亲打了几通电话，告诉我里欧状况很好，要我放心。除此之外，什么都没有。我原本以为她很快就会回来，一个晚上应该够她消气的了，但她内心的积怨显然比我想象的还要深。她究竟何时开始累积这些怨恨的呢？不管怎样，一切都是我的错，我太笨了，早该怀疑有些事情不对劲，有些沉重的事在作祟。我不能气她独自扛起这沉重的负担，因为我自己也从来不曾对她提过我的父母。算我活该吧，我只好继续喝下去。

“哎呀，你究竟在做什么？”

“看就知道了嘛，在喝酒啊。”

“喝酒有什么好？”

“酒精能让我平静下来，你应该试试看。你可以在你的云端里建造自己的小酿酒厂，三不五时喝喝酒，会让你感觉良好的……”

“你觉得这东西对你有帮助吗？”

“我也不知道。喂，你不是来教训我的吧？你现在成了牧师或什么的吗？”

“这下可好了，这位先生喝醉时倒是蛮有趣的！除了喝酒之外，你决定什么都不做吗？”

“有啊，我在做啊，你看得一清二楚——我在等她回来。”

“只有这样吗？没有其他想法？”

“什么嘛！你希望我做些什么？”

“去找她呀，真是的！去安慰她，让她放心，让她知道你先前之所以无法理解她的行为，是因为你不懂。但现在弄清楚事情的原委，你就能接受了，而且你会帮助她。”

“我个人是很愿意这样做，但是，她会回来吗？”

“当然会啊。不过如果你不去找她，那么这件事可得花好长一段时间才会结束。”

“我又不知道她人在哪里。”

“真是一点心理分析的基础也没有……你们这些人啊，我说的是你们这些男人，有时还真像木头人——虽然女人总是这么说，但这句话还真不只是她们的口头禅！‘同理心’你懂吧？就是换个角度想事情。好了，现在请你告诉我，你太太那么担心儿子，如果把他独自留下，你认为她挨得过一个晚上吗？”

“不，她会跟他在一起，确定他一切都好。”

“很好，我们取得共识了。那么请问，里欧现在在哪里？”

“在他外婆家……”

“这么说来，假如里欧在那里，那么艾莉丝也应该跟里欧在一起。换句话说，她是在……在……？”

“在她妈妈家。我马上去！”

“不不不。首先，把这些酒瓶给我丢掉，然后好好睡一觉，休息一下，明天再出发，她会一直待在那里的。”

“你说得对，谢谢。喂，你为什么要为我做这件事？”

“我们是朋友，不是吗？我可不愿意你浪费时间，还失去爱人。”

我按了艾莉丝娘家的门铃，岳母来帮我开门，并且一言不发地让路给我。她微笑着用眼神暗示我艾莉丝在楼上，在她以前的房间里。我从半掩的门缝看到她和里欧在一起，里欧就睡在她身旁的摇篮里。我站了一会儿才进去，艾莉丝看着我。在她开口说话前，我就对她说，我很抱歉，关于上帝的事，当然很蠢，而且是我愣头愣脑把所有事情搞砸的。我还告诉她，我已经知道她弟弟的事了，从今以后，她可以按照自己的想法照顾儿子，我会理解她所做的一切都是基于爱，都是为他好。我答应永远不再嘲笑她、不再嘲笑她奇怪的行为，也答应会更爱她，更爱她和儿子，永远不变。她在我怀里哭了起来，并且告诉我，她不会再留下我一个人，永远不会。

最幸福的时光

令人惊讶的是，自从我接受她的怪癖，艾莉丝对待儿子的行为反而越来越不夸张了。这当然不是一蹴而就，但是几个月后，她变得完全可以讲道理了，就像个正常的母亲——尽管她不喜欢听到我这样说。无论如何，她一直是个很棒的女人。

我一天比一天讶异人们所谓的“例行公事”竟是如此令人愉快。下班后和家人相处，让我感受到无比的欢乐、无比的平静。然而，我的内心深处却常有一丝不安。

“上帝，在我还没遇上艾莉丝之前，我自己想象的理想生活是要成为艺术家，你知道的，就是像摇滚明星那样尽情地活在当下，环游世界演出。我也想当个有钱有势的人，让我的名字与影响力传播到五湖四海。你知道我的意思吧？”

“当然，这不是大多数人的梦想吗？然后呢？”

“然后我发现，很奇怪的是，我对现在的生活十分满意。你觉得这正常吗？”

“这正常吗？”

“对啊，不再梦想那种完美生活，不会很奇怪吗？”

“听着，我可不想浪费一小时讨论这件事，所以你只要回答我下面这个问题就行了：有两个小孩快死了，一个是金发，一个是红棕色的头发，但你只能救一个，你要选择哪一个？是金发的那个，还是红发的？”

“什么？”

“你要救哪一个？”

“但是这个问题很白痴啊！”

“我也这样觉得。不过为什么这个问题很白痴呢？”

“因为让人无法回答啊！”

“这就对啦。我刚刚就是想让你了解荒谬之处，因为有些问题我们根本无法回答。你知道为什么吗？因为这些问题连问都不该问，因为它们没有任何意义。你的状况也一样。你现在觉得很幸福，不想奢求更多，而这竟让你感到奇怪，甚至还自问是否正常，你不觉得这种反应很荒唐吗？我想让你了解的是：好好过日子就对了，事情来了就面对它。幸福并不是一个计划，而是一种意识，意识到幸福就是这样。好好过日子吧，不要老想一些无聊的问题。”

他说得对，这些问题真是笨得可以。问题并不在于盲目地觊觎别人的幸福，而是必须明白当下的自己是否幸福。我懂了，真的懂了。而为了证明自己是真的懂，我还对他说了一句话——不久之前的我可能会认为这样的话幼稚到不行，现在却觉得这句话每个字都铿锵有力——“我是世界上最幸福的人。”他似乎有些感动，我从他的双眼读得出来。再说他也没反驳我，所以他应该知道这是真的。

最黑暗的时刻

我肝肠寸断，双手颤抖，双脚再也撑不住身体的重量，于是我坐了下来，免得跌倒。我承受着心的重量，感觉心脏越跳越强烈，也肿胀起来。我受不了了，我的双眼在烧、肚子在烧、头在烧。这应该是个错误，这应该是个酷似她的人，躺在那儿的不是她的躯体，不是她，这是不可能的，不是艾莉丝。护士带着一种专业的同情心看着我。

“这是您的太太吗，先生？”

“不，对不起，我太太的手臂不曾插管，气管从来没有这种没缝好的洞，她也从来不睡这种血迹斑斑的床单。而且我太太的双唇是炽热的，但是当我亲吻这个女人时，她的双唇是温的，甚至是冷的。她不是我太太。”

“先生……”

“那不是我太太！”

“我让您跟她在一起多待一会儿，之后再来看您，但是记得跟她说再见。”

说再见？跟谁说再见？要说什么？这根本是场闹剧。她又不在那里，天堂不存在啊，那儿什么都没有，只有一个该死的黑洞。那么，我要跟谁说再见？没有人啊，她又听不到我说话，那上头根本什么都没有。我再也无法跟她说话了，因为她的思想已经熄灭。都怪上帝，他把天堂的事全都告诉我，所以我现在甚至连她可能在天堂的希望都没了。再说，当那个同性恋撞到我太太时，他到底在干什么？当那家伙的车子压碎她的骨头时，他是不是正兴高采烈地看热闹？

“上帝？上帝！回答我！”

“先生，请您不要大吼大叫……”

“上帝！你对我做了什么？”

“先生，拜托，这里还有其他病人，请您冷静一下……”

“闭嘴，我又不是在跟你说话！上帝，来啊！你明明答应过我，明明跟我说我们会有美好的人生！来啊，浑蛋、叛徒，来见我啊！你就这样任由她死去，把我一个人留下。你马上给我出来！”

他没有来，甚至也没把我带到云端，倒是有两个男人走上前，试图让我冷静下来，但我还是不停地大吼大叫。他们显然想让我自行控制住情绪，但是我打了其中一个，而且后来一群人上阵时，我就全部一起打。我看到周围的人惊愕的眼神，但我只听得到自己的喊叫声，以及咒骂那个曾是我最要好朋友的声音。然后我觉得好像被打了一针，很快地，我便失去知觉了。

醒来后，我发现自己独自待在一个充满酒精味的房间里，这时我也冷静下来了。那一瞬间，我不知道艾莉丝是否真的死了，但我迅速意识到这个事实，觉得好痛、好痛，痛到想死。

之后，艾莉丝的母亲进到病房来，里欧在她怀里。我的小男孩已经四岁了，不再有妈妈，只剩下我；而我，不再有任何人。我失去了我的真命天女，而唯一的朋友也不再回应我。没有人在身旁支持我，我必须独自一人走出这困境，必须让儿子快乐。我得独力做到。但是没有了妈妈，他又如何快乐得起来？我该怎么跟他说呢？

“里欧，我的心肝宝贝，妈妈出车祸死了。”

“像外公一样吗？”

“对，就像外公一样。妈妈之前跟你解释过，她的爸爸到天上去了，所以我们无法再看到他。对，就是这样，妈妈也去跟外公相聚了。你知道的，她并不想放弃你，但这不是她能决定的。所以我的里欧，我们再也看不到妈妈了，但她就在天上，当你想她的时候，妈妈就会弯下身来，从那个高高的地方望着你，给你一个吻。”

“我想要见妈妈……”

“我们再也见不到她，永远见不到她了……”

我想这应该是里欧这辈子最痛的时刻了。我把他紧紧抱在怀里，仿佛在自己的痛苦中添加一份爱，仿佛拥抱了自己的悲伤。从今以后，我和儿子相依为命，没有她。

我有一种感觉，死掉的人好像是我，人们嘴里说着“永别”，仿佛是对我说的。我飘浮在这群围绕着棺木的人头上，这棺木是众人注目的焦点，也是所有痛苦的中心。而我，再也不知道自己还能感受些什么，却可以在棺木上方观看，看到一些不知其名的侧影、一些模糊的脸庞、一些人。而就在这一瞬间，在这可憎且死气沉沉的景象中，有一张脸庞亮了起来。那是我熟悉的脸，我认出他来了——是赫奈。他看着我，那泪眼婆娑的目光唤醒我内心深处最难忍的悲痛，因为婚礼当时的场景再次涌入我的脑海中——那是我和他两人最后一次交谈。我想起他在结婚证书上签名时的激动，想起那段幸福时光。只是那时光已结束，我再也无法与她共处一秒钟，再也无法。人们常说，下葬仪式是最后一次说再见的时刻，真是大错特错，事实上，这只是自我安慰的说法。我完全不想跟一具棺木说再见，就算我妻子的躯体在里头，但那只是个空壳子，我的妻子已经不在了。我从赫奈的双眼中看清了这个事实。

当然，我也认出了另一张脸，但那是一张我不敢直视的脸。我不敢看我的儿子，我的小男孩正在埋葬他母亲。他拉着我的手，但我无法倾身拥抱他，我害怕自己会崩溃，我害怕会被带回这真实的土地，被带回我拒绝接受的现实世界。我太怕看他流眼泪，因为只要他落下一滴泪，我就会崩溃。我困在儿子的一滴泪中，不知如何着陆，只能让自己直直撞上地面，裂成碎片。

我心不甘情不愿地回到自己的躯壳，因为那些人一直触摸我，让我返回现实世界。那些躯体一个接一个地走过我面前，时而拥抱我，时而紧握我的手。他们说着“再见”“要坚强”“我们都在你身边”，我眼中却看不到任何一个人，只能望向天空。瞧，天气很好嘛。

我宁愿自己还飘在空中，因为我内心深处的痛苦已经膨胀到令人无法忍受，甚至不知自己该做些什么。我岳母自告奋勇要帮我照顾里欧几天，我条件反射地跟她说：“好。”

我不知道时间过了多久，但现在只剩我一人。我独自面对虚空，心已死在这座墓园里，就这样呆立此地。突然间，我开始大吐特吐，让我措手不及。原来，我的绝望是这样表现的啊，就这样从我内心深处跑了出来。筋疲力尽的我跪了下来，然后，我身后有一双手轻轻地把我抱起来。这双手从腋下将我撑起，而我就像个木偶，任人摆布；这双手缓缓让我转过身，而当他拉着我走向墓园出口时，我穿越这双手，看到了那张脸。我并非基于好奇而想知道这个人是谁，只是偶然瞄到。我的眼光恰好落在他的脸庞上——是赫奈，他留了下来。上帝抛弃了我，赫奈反倒留下来了——或者应该说，他回来了。

我从没想过自己有一天会依偎在一个男人怀里，就像孩子躺在母亲怀抱中一样。赫奈在这里，在我家里。他什么都没说，我甚至难以察觉他的存在，但我想他应该是每晚都来吧。他悄悄进来，先在公寓里寻找我的踪迹，把从早上就倒在地板上的我扶起来，或是将我从浴室里拉出来，因为我已经在里头动也不动地冲了好几个小时的澡。他会替我选几件衣服，帮我穿上，再把我安置在沙发上。他沉默不语，随后便进厨房去准备一些吃的东西，再回到我身边。他总是把饭菜跟餐具放在我面前，但从不强迫我吃，甚至连说都没说，他只要在这里就心满意足了。我想，他就这样等着我有一天会自己去吃饭，就像他等着我跟他说话的那一天到来一样。而在这期间——假如那天真会来临——他很高兴自己曾陪在我身边，给我一份安静的友谊，就像提供一份不会强迫接受者打开的礼物一样。当我心烦意乱时，我会把头靠在他的膝上，等待睡意到来。我终于能入睡了。

今天当我醒来时，赫奈仍然在那里。他帮我备妥早餐，然后走向门口。离开前，他首度开口对我说："我已经不生你的气了，你知道吗？我以前好自私啊，你想跟她共度更多时光是对的，如果你当初听我的话，那么现在的我可能会充满罪恶感，因为我会因此偷走你太多回忆。"

我试着用眼神跟他说谢谢。关上门之前，他说道："今晚我会再来。"

说来奇怪，今晚我真的在等赫奈，仿佛期待看到他。我自己冲了个澡，穿好衣服，就在他来之前。当他进门时，我对他说"嗨"，他对我微笑，微微一笑，然后问我是不是饿了。我点点头，他走向厨房。

"看到你吃饭，真让我开心——或者我应该说，看到你啃点东西。这样很好，现在你必须过自己的日子。噢，我的意思并不是叫你出去参加宴会，只是去生活，去过过日子。”

“没有艾莉丝的生活，你知道的……”

“鳏夫的日子我不知是什么样，但我曾熬过没有孩子的生活，所以这种痛，我懂，因为每过一天，我对他的遗憾就会加深一些。倒是你，还有个儿子，还拥有这样的幸福。相信我，我并不要求你过得快乐，但求你想想你的儿子，不要任由自己死去，不要让他变成孤儿。他现在已经算半个孤儿了，所以，多替他想想吧。”

“我无法思考，赫奈，我什么事都做不到。如果你知道我有多痛……”

“听着，你的痛不必再多说，因为这两个星期以来，我已经亲眼见识过了。这些日子，我为它穿衣服，试着让它吃饭，我等着这个痛苦可以沉睡。现在我想在你所谓的痛苦屁股上踢几脚，假如这会让你的痛苦不开心，我还是要做。”

“说来简单，请你试着从我的角度想一想……”

“不，我不试着站在你的角度看事情，而是要站在孩子的角度！里欧需要一个父亲，就像我需要一个儿子一样，我知道那种渴望的感觉。现在仔细听好：我已经把情趣用品店卖了，我退休了。下星期二我就要和乔丝搬到西班牙去，我们买了一栋房子，准备在那儿定居。我们想要退休，悄悄离开这块属于我父母亲的土地。我不会再回来了，你懂吗？到下个星期，你就已经处在这种状态中二十天了。而你儿子在这二十天内不仅失去母亲，也不再拥有父亲，这对一个孩子来说真是太过分了。所以我先警告你，我要想办法让你动起来，因为下星期二我就走了。而里欧会回来这里生活，回到他自己的家，跟他父亲在一起过日子。”

赫奈没有跟我说再见。这是他在这里的最后一个晚上了，我们两个心知肚明，却装作什么事也没有，一起吃饭，聊了一下天……然后，他看看手表——这并不是他的习惯——说道：

“好了，时间到了，我该走了。一切还好吗？”

“我不知道。”

“孩子什么时候回来？”

“明天中午他外婆会带他回来。”

“你会稍微打扫一下吧？”

“是啊。”

“那我会很开心。”

他打开门，看了我一眼，仿佛要走向我，却突然停下脚步。然后他将目光投向地板一秒钟，又再次看着我，勉强挤出一丝微笑，一丝悲伤的微笑。

再次和里欧一起生活并非易事，我不知道该对他说什么，只会问他问题。上学时大家都对他很友善，老师问他愿不愿意说说自己发生了什么事，他站起来向同学解释说，有位先生开车开太快，轧到了他妈妈，所以他想告诉每位同学的家长，开车不要开太快，才不会杀死别人的妈妈。而因为妈妈死了，所以现在他再也看不到她，但是妈妈会在天上看着他。里欧的老师建议我带他去看心理医生，所以他每周三都会去艾薇儿那里。在这个专业领域我只认识她一个人，但我对她有信心，因为艾莉丝很欣赏她。

里欧现在似乎已慢慢走出阴霾，而我却不是。每当他外婆周末来接走他之后，我都会染上痛苦的“定格病”。我不想去工作，不再对任何事物抱持欲望，没有她，我什么都不是。我们的房子变得不一样了，尽管我没有搬走什么，也没有增添任何家具，但是一切都变得沉重，她的缺席反而为事物添加重量，无时无刻，无所不在。打开冰箱时，我会想到艾莉丝开冰箱的样子，于是我发现这个寻常不过的动作不再稀松平常；帮里欧做饭时，我会想到艾莉丝帮里欧做饭的招牌动作，会想到她的微笑，想到她心不在焉的神情，想到她随着每天的心情变化做出不同菜色。我会想到她和我一起在家里、在房里，我却什么都不做的时刻，如果我知道她会那么早离开我，我就不会什么都不做。我会跟她在一起，两个人一起无所事事，然后将手臂绕过她的脖子，或是让她的头靠着我的肩膀。两个人什么都不做，比独自一人奔忙要好很多很多。

但是赫奈说得对，我没得选择，必须为里欧演演戏。假如没有里欧，我想我会做出和我父亲同样的事。现在我可以理解他的心情了，我知道他是对的，除了他这么做是为了找回我母亲这件事之外，因为死后的我们什么都找不到，找不回任何人了。所以，如果没有儿子，我可能也会干脆地就此了断，吞下几颗药，一走了之，什么都不用说，一切痛苦就结束了。只是还得去见那个浑蛋，再次面对他那个白痴问题，再去听他鬼扯，不过我或许可以丢个鬼问题给他，这只能算他活该。然后就什么都没有了。他之前一定是在说谎，不然我怎么没有他承诺的幸福人生？我每天试着呼唤他，却得不到回应。他不再回应，应该是因为对我做了这些事，而感到惭愧吧。

借酒消愁

今晚艾薇儿对我说里欧的疗程应该可以结束了，因为两年来的进展非常好，他不再需要她了。不过她要我也去接受诊疗，已经说了一百次了。她治疗的对象是小孩，但愿意破例为我看诊，因为我们算老朋友了。她真是个好人，这么为我担心，但我的第一百个回答仍是千篇一律的“不用了”。

“你确定吗？里欧会跟我说家里发生的事，你真的需要找人聊聊，你无法接受艾莉丝的死。”

“那是因为她的死让人难以接受。我们本来应该过着美好的……算了……”

“任何一个人过世都是不公平的。但是，一次诊疗或几个疗程对你会有帮助，你知道的。再加上你完全没有社交活动，自从重返职场，除了工作之外，你什么都不参加。”

“我没有重返社交场合的欲望，也不想重新过自己的生活，反正我的生命已经毁了。工作的时候，我最起码可以强迫自己去想别的事情，还有一些责任在。工作让人放松，如果我有决定权，我还宁愿每天工作十六个小时呢。但是里欧，那个可怜的……”

“当你谈到里欧时，不要再加上‘那个可怜的孩子’这几个字。他已经走出阴霾，不需要你时时刻刻提醒他……”

“提醒他母亲已经死了。我知道，但我就是不想去看诊。总之，谢谢你为里欧所做的一切，真的，他好多了。”

“不是好多了，而是很好。你的儿子一切都很好，他是个六岁的小男生，热爱生命、他的狗、他的同伴和他的父亲。他想要快乐地过日子。”

这是真的，里欧过得很好，有时候我甚至会因为他快乐而生他的气。我对自己居然有这种反应感到很丢脸，但是他好像不太想他妈妈，而我却那么想她。艾薇儿之前建议我送他一只小狗，他做得真好，不只照顾小狗，还跟它一起玩，带它出去散步，喂它吃饭。有一天，他跟我说那只狗是他最要好的朋友，然后某天晚上经过他的房门时，我听到他这样对狗儿说：“卡托斯，你有妈妈吗？我有一个，但她已经过世了。她很喜欢我，你知道的。妈妈在天上守护我，当我悲伤时，她会给我几个吻。所以如果你觉得伤心，就告诉我，我会告诉妈妈，请她也给你几个吻，然后你就知道一切会变得更好。”

我悄悄转身回到自己的房间，因为不想让里欧听见我的脚步声。我躺在床上啜泣，一样不发出丝毫声响，我不想让他听见我在哭。

说也奇怪，我儿子最要好的朋友是一只狗，而我最要好的朋友是上帝，这种相似度还真令人讶异。不过我很笃定，那只狗不会弃里欧于不顾，不会弃他而去，永远不会。它甚至可能为他献上生命，但是上帝非但没有为我献上他的生命，反而取走我太太的命。或许我们可以造出一句俗语："狗儿给，上帝拿。"之前有人跟我说过："我们如何付出，就会有怎样的朋友。"真是一针见血啊。不过，在他尚未取走我的命之前，我已经把自己的一生给了他，真的。

虽然艾莉丝死后，我对一切都无动于衷，却独独爱上酒精，就像当年她离家出走的时候一样。不过我只有趁里欧不在家时，才会独自喝酒。这段日子以来，酒精带给我的安慰真是一言难尽。我以一种非常规律的节奏喝酒，以一种非常精确的分量增加酒量，一杯一杯增加，好让自己忘记一切。而在连喝了七八个小时之后，我就能处在一种接近美好的幻觉状态，再也感觉不到自己躯体的存在。根据经验，只要连喝两天，我就会醉了，再也没有灰暗的思想，不会心痛，只觉得飘飘然。

艾薇儿昨天打电话给我，想知道里欧的近况。另外，她跟我说她有个想法：

“我尊重你不想看诊的决定，但是我想过了，我们或许可以找到一个间接的解决方法。”

“意思是？”

“嗯，是这样子的，我在想我们或许可以偶尔见见面、聊一聊，我不会是心理分析师艾薇儿，而是朋友艾薇儿。更何况，这个人你也不是不认识。”

“我想结果还是一样。”

“不，我不会要求你谈你不想谈的话题，我可以保证。我知道这两年来你不见任何人……”

“因为我不想见任何人啊。”

“听着，你必须往前踏一步了。明晚到我家来，我帮你做个比萨，里欧说你超爱比萨的。而且看到你在努力，对他也有好处，相信我。”

因为实在懒得跟她争，所以我答应了。而我现在就在电梯里，往艾薇儿公寓的方向上升，还自问究竟为何要来这里。她打开大门，说她真高兴看到我，并在我的脸上亲了一下。

“你能来真好。帮你倒杯酒好吗？威士忌？”

“好的，麻烦你。”

“那么，你有什么好事要跟我分享吗？”

她就这样开心地跟我聊天，仿佛什么事都没发生，仿佛一切都没什么不对劲。我不是很喜欢这种状况，但我知道她在扮演自己的专业角色，试着让我改变想法。于是真的无话可说时，我会强迫自己尽可能专心听她说话，然后不时插入一些评论。

她的日子应该过得非常紧凑忙碌，因为她不停跟我描述她的生活：她对工作有无比的热情，因为她热爱小孩，但最近谈的几次恋爱都不是很顺利，因为男人都很懦弱，不知道如何给承诺。我告诉她，话不要说过头，全天下的男人并不是一般黑。她说像我这样的男人并不是在路上随便抓就有，我因为想要表现一下幽默感，便对她说或许该找的地方不是路上哦。然而，这样的说法并没有让她开怀大笑。真可惜，我好不容易因为喝了酒、带了点醉意而稍稍开心起来……不过她倒是不停地帮我倒酒，这对我的好心情颇有助益。

说真的，比萨的确很好吃，而我也待了很长一段时间，自认现在离开应该不至于太失礼，便对她说我该回去了。

“等等，你在开玩笑吗？你该不会想在这种情况下开车吧？”

“我在来之前就已经喝过酒了，你知道的。”

“这又是另一个你不能开车的理由。你已经干掉整瓶威士忌，用餐时还喝了葡萄酒！”

“没问题啦，我跟你保证，我习惯了……”

“不不不！我绝对不能让你这样离开。你的钥匙在哪里？”

“什么？钥匙在我外套口袋里啊，但是……住手，你在做什么？”

“我要拿走这些钥匙！我可不想为一场车祸负责！”

“艾薇儿，你这样让我很累耶……”

“没错，我看得出来你累了。听着，你到我房里去睡，我睡沙发。况且里欧正在度假，他不在家，对吧？你没有任何理由拒绝，这是为你好，相信我。你明天再走，这样我才能放心。”

“我不是小孩，艾薇儿。”

“我知道。房间从这边走。”

我觉得怪怪的，好像没睡好，还听见汽车经过的声音和狗叫声。相对于我所习惯的宁静，这并不正常。我睁开眼睛，认不出周遭环境。啊，对了，我在艾薇儿家里，但我为什么会同意睡在这里呢？我有点不知所措。我应该走到客厅对她说，我现在只想回家；还是该悄悄地穿上衣服，然后偷偷离开？嗯，后者较好。只是，一道刺眼的光线让我有些头痛，我得再躺一下，于是便转过身，然后……

“该死，你在我床上做什么？”

“是在‘我的’床上吧？早安。”

“什么，早安？你为什么在这里？”

“你自己昨天晚上要我来找你的啊。”

“等等，你一丝不挂？”

“你觉得我漂亮吗？”

“这是不可能的……别说我们已经……”

“你什么都不记得了吗？事实上……”

“闭嘴，我什么都不想知道！我的东西在哪里？”

“等等！”

“有什么好等的？”

“你能多留一会儿吗？假如你愿意……”

“艾薇儿，你到底在鬼扯什么？”

“我想把你留下来，你不懂吗？我也希望你偶尔能再来，我们可以慢慢发展，你知道的，完全按照你想要的步骤进行也没问题。为了你，我什么都肯做，只要你快乐……”

“但是你怎么能在艾莉丝死后对我说出这样的话？你知道自己现在在做什么吗？”

“你知道的，我以前就已经爱上你了。”

我完全不想听她多说，迅速穿起衣服，然后离开。我想这一切都是她的预谋，她一定早就知道我有酗酒的毛病。里欧虽然没见过我喝酒，但有时我会忘记把空酒瓶丢掉，而这孩子很聪明，懂很多事。艾薇儿玩的把戏很简单，只要我醉了、累了，她再虚情假意为我担心……我就会上钩了。我差点就因为喝酒误事，差点因为这样背叛艾莉丝。我再也不喝酒了，一切到此为止。

我仍然会不由自主想到上帝，虽然我已经不再呼唤他，但他依然萦绕在我心头。他对我说谎，这是事实；他遗弃我，又是另一个事实。反正就是这样，但为什么呢？他的目的何在？我之前完全无所求啊。我原本优哉游哉地在情趣用品店工作，那时的我几乎是开心的——可以这么说啦——但他偏偏来找我说话，偏偏选上我。他这浑蛋到底打的是什么算盘？

他之前答应我，会向我揭露我们相遇的理由，但至今我仍一无所知。他还不断在我耳边提到那该死的问题，我却连聆听那个问题的权利也没有。到头来，他究竟带给我什么呢？我的工作，对，或许吧，但是没有他，我也能找到另一个。现在仔细想想，假如他没有让我知道一切，艾莉丝是否会晚一点与我相遇？搞不好其实是他决定让我遇到艾莉丝，并尽可能让我享受跟她在一起的所有幸福，然后在毫无预警的情况下，再把她从我身边抢回去。

对他来说，我无疑是个实验对象，只是他用来观察反应的白老鼠。更何况，假如他已经知道我们生命中的每一件事，那一开始他就知道艾莉丝的命运，那么，前一天晚上他只要跟我说："这个女孩并不是你的真命天女，她以后会让你感受到无比的痛苦。"我会听他的话，这不就什么事都没有了吗？甚至也不会多一个失去母亲的孤儿，害这孩子只能把情感寄托在一条狗身上，不停跟它说话。而我呢，可能会找到另一个女人，也或许找不到，但也无妨，因为这样我就不会心碎了。结果，我这个老朋友所能采取的最佳反应，居然是在车祸发生当时眼睁睁地看着我坠落，什么都没做。而最糟糕的是，这一切还可能是他策划的。反正不管哪种情况，他都不配当我的朋友。

重拾老友

“快，吹蜡烛，许个愿吧！”

“好了！”

“告诉我，你的愿望该不会正好是想要一个最新上市的电动玩具吧？”

“我才不要告诉你呢，爸爸，不然我的愿望就没办法实现了。这是我的秘密！”

“如果你真的想要那个，那你许的应该是世界上最快实现的愿望……”

“不会吧？！”

我才刚把放在桌子底下的礼物盒拿出来，里欧就迫不及待地冲过去，撕下包装纸，仿佛他的生命意义全在此。

“你为我买了这个吗？我确定你不想买啊，我已经跟你要了一百多次了！”

“我很会演戏啊，你应该也拿我没辙吧！不过，人的一生中只有一次十岁生日嘛……”

“谢谢，爸爸，谢谢！我可以去玩一玩吗？”

“噢，不行，你必须一直待在餐桌旁，直到吃完饭！”

“好吧，遵命……”

“我开玩笑的啦，你赶快去玩吧！”

“欧也！”

假如没跟他说我是开玩笑的，他一定会留在餐桌旁不离开。我的儿子就是这样，总是想让我开心，想对我表现他的关爱。而为了证明他的爱，他可以牺牲几秒钟珍贵的游戏时间来拥抱我，并一而再、再而三地感谢我。拥有他，我真的很幸运。他享受着幸福与健康，而且继承了他母亲的聪明才智，拥有所有足以成功与快乐的特质。

我很惊讶地发现，最近这些日子以来，我已经不像之前那么常想到艾莉丝了，然而事情的发生不过是六年前。有些晚上我甚至会跟自己生气，因为我发现自己竟然一整天都没想到她，于是我会躺在床上赶进度，回顾我们一起生活的点点滴滴。但是有时候——虽然较罕见——我会告诉自己，假如就这样把她忘得一干二净，一定更好一些吧。我对自己说，我要停止爱她，这样一来，我就可以重新开始，找到另一个人。据我同事说，我还蛮讨女客人欢心的，那个新来的秘书也觉得我“秀色可餐”呢。不过我自己倒是没注意到这件事，而且最惨的是，这六年来我没有任何性欲望，我的性器官早上偶尔基于反射动作勃起一下就很满足了，反正它也没有提出抗议。我当然知道这并不正常，尤其跟从前相比，但我又能怎么办？

我想，自己现在真的不再那么难过了。在里欧面前，我佯装积极过日子并表现出快乐的样子。说也奇怪，他从来不曾忘记我的生日，连我自己都记不得呢。他总是好久之前就开始存钱，然后买个礼物送我。我自己在他这个年纪的时候，如果母亲没有提醒我说父亲的生日快到了，然后前一天还往我手里塞张钞票，那么我一定记不得父亲的生日。但里欧这孩子完全不像我，我也有预感，他长大之后也不会是我这类型的男人。他是个领导人物，深受同学喜爱，也是个用功的学生。对他来说，作业是再神圣不过的，我从来不必盯着他做功课，甚至还得求他不要再背诗了，因为他已经背了二十遍，赶快去玩吧。

里欧真的好好长大了。有两三年时间，我并不是经常在他身边，而且就算我的身体跟他在一起，心却在艾莉丝那里。我如果不是沉浸在过去的岁月，就是处于她没被撞死的想象中。幸好，里欧很坚强。之前我都没发现他拥有坚强的个性、杰出的思想，他很勇敢，跟我不一样。尽管大家都说我独力抚养儿子长大，实在很有勇气，他们说我把儿子教育得很好，这对一个男人来说很不容易。难道对女人来说就很容易吗？这个说法真荒谬。

另一件荒谬的事，则是人们所谓的勇气，其实只是因为碰上了，没得选择。里欧也没得选择，他几乎是自己长大的，我只是撑着他，不要让他往下堕落罢了。其实我应该还可以将他推上去，但他选择独力往上爬，他自己来。如果我是他，肯定会让自己往下掉，绝不试着向上攀爬，因为所处的位置越低，落下时就越不痛。不过，现在我知道他会成为一个什么样的男人，他不会掉下来的。我深深相信他会很快乐，就算没有母亲也一样。一开始我不敢如此期待，但现在我不得不承认：他将会有美好的一生。

“美好的一生”这句话，不就是他当初对我说的……

“你终于了解了……你好啊！”

“我想是的。你好。”

“对不起，先前我无法对你说清楚，因为在此之前你是不会懂的。你必须自己推论出这个想法，这需要时间，但你真的做到了。”

“没错。”

“我从来没有承诺过你们三个都会幸福，也没说过你会有幸福的一生。是你自己高兴过头，在他出生那天听到我说‘他将会有美好的一生’，就一厢情愿地解读成‘你们将会有美好的一生’，因为你在这孩子身上看到的是你们将组成一个生命共同体。现在你终于明白了。”

“没错，我懂了，看到他的快乐之后，我终于懂了，以前真的很难明白这其中的差异。我很想你。”

“感受到你所经历的一切，对我来说是很艰苦的。我也很想你。”

我们聊了好几个小时，跟他在一起，我就是能敞开心房。我知道他了解我，因为他会跟我一起感受痛苦。我问他，关于艾莉丝的事，他是否一开始就知情，他说是的。当我说他应该可以做些事，例如提醒我，让我跟她说再见，或者拯救她等等，他提醒我别忘了我们之前聊过“自由意志”。他说他没办法影响我们，但我也提醒他，他改变了我许多次啊。于是他开始向我解释，他对我所做的一切都跟艾莉丝息息相关：提醒我该穿什么颜色的衬衫，留点小胡楂，去亲她等等。他说就算没有他帮忙，我们仍会陷入爱河，只是需要更多时间。后来当我们小两口吵架时，他之所以劝我到岳母家找她，只是为了帮我多争取几天相处时间，其实不管怎样，她都会回来的。而他鼓励我去应征那个离家近的工作，如此一来，我就能在午餐时和艾莉丝见面，晚上也可以早点回家，因为他知道我们的时间有限。他推我一把，只是为了尽量争取时间，让我跟她相聚久一点。他希望让我累积她最多的爱，因为她能给我的时间并不多。我终于懂了。

我哭了好久，毫不保留地放声大哭，一点也不觉得丢脸。

几个小时后，我感觉好多了，心情变得比较轻松。我不再是孤单一人了。

或许是因为半梦半醒，也或许是因为我的情绪激动而感到些许痛苦，我被某种模模糊糊的呻吟声困扰着。在半梦半醒之间，我艰难地睁开一只眼，却什么都没看见，便把注意力放在那声音的来源，不过什么也没有，没有一丝声响，这肯定是一场梦。但是当我再次闭上眼，那呻吟声又响起，而且更具临场感，可见我不是在做梦。我惊骇得坐起来，因为我意识到这些激动的啜泣声来自我背后。当我转过身，一阵令人毛骨悚然的尖叫声响起。我看到了，就在眼前，我认出她来了，是她，《驱魔人》电影里那个小女孩！她跳到我身上，头部旋转三百六十度，嘴里喊着："你妈在地狱里吸老二！"我吓得屁滚尿流，于是她大笑起来，我就更不懂了。而随着她越笑越大声，她的身体外形也改变了。又是他，这浑蛋又摆了我一道！他变回原来的模样，捧腹大笑，笑到都流眼泪了。这家伙！他简直无所不用其极地整我。他还说如果我有需要，他可以帮我包尿布。当恐惧退去之后，轮到我笑到不行了。我们一直狂笑个不停，也不知道笑了多久。

"我之前把自己搞得像个忧郁症患者，这样开怀大笑也好让人怀念啊！"

“就是说啊，笑一笑真的很舒服。我走了，星期二见！”

星期二晚上十点五十九分，我不安地等着重启相见之约。自从和他再次见面，我一直苦苦思考一个让我最不解的问题。

“晚安。”

“嗨，你好。四十岁还能重新出发吗？”

“当然。我知道你有问题要问，说来听听吧。”

“没错。是这样的，我们都认同你其实有至高无上的权力，你却宁可不用。就某个层面来说，这样的行为是很高尚的，但是仔细想想，你根本帮不了人类什么忙，而且还是故意不帮的。我自己也很惊讶这个问题居然会涌上心头，我并不想伤你，但我还是想知道：上帝难道没有好与坏的观念吗？”

“第一，‘坏’并不存在，唯一存在的是‘不幸’。不要把‘坏’与‘不幸’混为一谈，两者一点关系也没有。‘坏’是一种观念，就像你刚刚说的，但每个人解读观念的方式都不一样。至于‘不幸’，本质上就是一种痛苦，而痛苦，你们每个人都是以同样的方式在感受，唯一的不同是造成这个痛苦的理由。”

“好吧，那我修正我的问题：你没有‘好’与‘不幸’的观念吗？”

“第二，‘好’并不存在，唯一存在的是……”

“好好好，我知道了，我可以帮你接下去——唯一存在的是‘幸福’。‘不幸’的相对词应该是‘幸福’吧？所以你要跟我说，‘好’只是一种观念，每个人的见解不同。至于‘幸福’呢……”

“我得打断你的话。你弄错了，并不是‘幸福’，而是‘爱’。与‘不幸’相抗衡的是‘爱’，而不是由‘好’来对抗‘坏’。而我不只意识到这对抗的存在，还牵扯其中。好好了解我吧，因为在我们第一次相遇的十五年后，我要告诉你：我是‘爱’。”

“等等，‘爱’这件事实在有点无聊，这就跟那些牧师一直念叨的东西一样嘛！你为什么要用相同的玩意儿来烦我？”

“我就知道你不认同，然而你是最够格了解这一点的……我唯一要传达的信息、我的存在精华不过就是‘爱’。你说得没错，这个字的确被糟蹋得不像话，我甚至还想改用其他字来表达，但改成什么好呢……‘爱’就是一切啊。”

“我必须承认我实在很失望，真是谢谢你透露这个信息啊！‘爱比任何事物都强大，我的兄弟姊妹们，所以，要相爱啊！’这几乎是老生常谈了——我真不知道自己为什么要说‘几乎’，因为这根本就是老生常谈。”

“这就是我最大的悲哀，你发现了吗？今天如果你在大庭广众之下发表一场关于‘爱’的演说，人们铁定把你当成个不折不扣的大傻瓜。但是，假如你高谈阔论的是打群架的经过，而且还把对方打到跪地求饶，那么在别人眼里，这就是件很光彩的事。你发现了吗？这简直是荒唐。”

“因为‘爱’这个观念根本没什么好谈的啊，这是……”

“我要再次打断你的话。‘爱’并不是观念，它是绝对，是身为‘人’的必要条件，就这么简单。”

“但有些人是不会爱的，不是吗？”

“就某种意义来说是没错，但一切并非如你所想，身为人类不代表就会是个‘人’，只是……喂，你不想休息吗？或许我下次再跟你聊？一下子切进这里可能太多了。你稍微想一下‘爱’，而且思考时别带着你们人类的任何成见，‘爱’可不是指一群可爱小男生和温柔小女生手牵手跳土风舞，‘爱’的范畴更大。好好想一想吧，下星期二我再跟你解释。”

“好吧，下周二见。”

关于爱，我退一步想想的确不难理解，甚至认为“爱”就是“他”还蛮合逻辑的。但说到“人类”并不一定是“人”这回事，倒是出乎意料，算是个大发现呢。现在不管在工作场合或走在路上，我都会自问，有些人是不是“非人”呢？他们肯定混在我们当中，搞不好某些我认识的人也是呢！这真令人沮丧。

或许大多数的“非人”都在监狱里，就是那些连环杀人魔、强暴犯或流氓。人类仿佛分成两种族群：“人”和另一种族群。假如全世界的人都知道这件事，那一切将有所改变，会产生巨大影响，尤其是死刑的部分。如今，废除死刑已被视为人道行为，杀死一个“人”令人难以忍受，而这就是死刑存在的错误。但是，假如人们知道被处死的并不是人，那么废除死刑的立论就站不住脚了。只要把那些“非人”铲除，大家就轻松了。因为他们不是人，所以表现出不好的行为，这样想就没什么好过意不去的了。或许我们还可以创造出一种“非人”探测器，至少该知道要提防谁吧……

今天早上，那个新来的秘书可不光是贪婪地盯着我瞧就心满意足了，她还刻意对我抛媚眼，让我很惊讶。于是我跟她说了个小笑话，她大声笑了起来，又对我抛了一个媚眼。这简直令人震惊，她对我来说实在太稚嫩了，不到三十岁吧，我想。她的姓名牌上写着“玛洁希”，突然间，我隐约产生了想要她的欲望。

今天晚上，里欧以他惯有的慎重方式对我宣布他有未婚妻了。我恭喜他，还说有个心仪对象很好啊。不过里欧纠正我说，单恋某个女生而没有告诉她，这才叫作有心仪对象，但现在的情况是，他们俩情投意合，而且已经互相表白，所以这叫作未婚妻，跟心仪对象一点关系也没有。我不知道我十岁的时候是不是有未婚妻，但突然间，我倒是十分确定当时很喜欢我们班上的一个小女生，甚至还喜欢好几个，但我从没跟对方表白，连跟父母亲都没提过。

我问里欧那女孩叫什么名字，他说叫克萝艾。我说这名字真美，他说对啊。我说如果他愿意，我们可以邀请她星期六来，他说好。我说假如他有对方父母的电话号码，那我就打电话去邀请，他说好。我说他似乎一切都准备妥当了，他说对。我问他是否打算整天都跟我说“好”，他也说好。于是我问他能不能借我点钱，让我买辆新车，他竟然说“不”。

连续三个早上，当我经过柜台时都会得到一个抛向我的媚眼，或许这算我的错，因为我在上班途中一直想着到公司之后要对她说哪个小笑话，才能得到一个媚眼。不过今天早上，我的笑话库存已告罄，于是想试试看一句赞美的话是否有同样效果——我倒是不必想破头找事情来赞美，因为她顶着一头新发型。她笑得更为含蓄，但媚眼却是再明显不过的表态。她或许不止三十岁，有些女人看起来就是比实际年纪小很多。

当儿子的未婚妻克萝艾在星期六下午抵达时，我发现他还真继承了我对女人的好品位——当然以他的年纪，应该说是对女孩的品位吧。我这样说的时候，他倒是颇自豪地提起她可是全校最漂亮的女生。我补充说最重要的是她要很亲切，里欧说她也很亲切，大概是班上最亲切的——我猜“全校最漂亮”的特质更胜“全班最亲切”一筹吧，也或许不相上下。克萝艾一到我们家，就问我下个周末里欧可不可以在她家睡觉，我反问她的父母是不是同意了，她答道：“是的，先生。”他们今晚来接她回家时，会向我提起这件事，而且她父母亲会很注意他们的。这两个小家伙的处事态度倒是很像，都是一副“我们是小孩，但没有大人相助，我们也能计划一切”的样子。当我告诉他们，“克萝艾”和“里欧”这两个名字很像，因为“里欧”这个字（Lo）就镶嵌在“克萝艾”（Clo）当中，这让他们感到十分惊讶，也非常开心，甚至向我坦承他们从没注意到这件事。当然啰，因为我才是大人嘛。

“噢，时间过得好慢，我一直在思考‘人类并不是人’这件事！所以呢？”

“你总该先打个招呼吧！”

“噢，对不起，你好。但我有一些自己的想法，不知道想得对不对。”

“就是那个罪犯非人的理论吗？老实说有点笨，而且还挺危险的，虽然你并没有往坏处想。”

“对不起嘛，但这到底是怎么回事？”

“好吧，我要说了。事实上，所有人类一开始并不是人。你们出生的时候都不是人类，在变成人之前要经过好长一段时间，原则上大概是几个月。你们当时只是一个生命——听清楚了，一个生命是非常珍贵的——然后才会慢慢变成人，但仍不完全是你们自己所说的‘人’。”

“那我们是如何变成人的呢？”

“你回想一下，我们上次为什么争吵？”

“什么，是爱吗？是因为可以感受‘爱’，我们才算变成人吗？”

“没错。尽管人们并不这么想，但太过稚嫩的生命是没有办法爱的。婴儿有太多需求，但满足这些需求的手段却太少，所以他必须用自己仅有的方法去沟通，以达成目的，好让人们知道他何时想要什么。也唯有在欲望获得满足之后，他才会了解年轻的生命还有其他面向，可以开始去爱。”

“艾莉丝可不会喜欢听到你这么说……”

“这件事我对很多人提过，但少有人能听入耳，尤其是那些母亲，她们很难相信自己的孩子在第一次接触时并不喜欢她们。然而，婴儿拥有的并不是爱，而是一种完全合理的需求，因为那攸关生死。”

“我可以了解这些母亲的心情！而且说什么‘你爱的是自己，而不是你母亲，所以你不是人’，接着突然在一夜之间变成‘好，现在你是人了’，你这样的决定根本不公平。”

“这却是事实，‘爱’绝对不是公不公平的问题。反正就是这样，我是上帝，够资格说一个人最重要的本质是什么，因为我就是那个本质。”

“嗯……老实告诉我，你有孩子吗？”

“技术上来说，没有。”

“那你就无法了解啦。产婆把里欧放在艾莉丝肚子上的时候，我就在那里，所以我确定他爱她，他从第一秒开始就爱着她。”

“你明知道我说的是真相……”

“我又没说你撒谎，但里欧跟艾莉丝不一样，你能提出反证吗？”

“这很难，因为你又不是我。”

“所以我会继续这么想，因为我经历过。”

“那好吧，我在此郑重宣布，你将是我最后一个讨论这件事的人，因为每次都沟通不良！或许有些事，人类还没准备好去聆听……”

我不知道究竟是什么促使我下这个决定，但最后我还是往前冲了。或许我是以儿子做榜样吧，反正也没什么好损失的。仔细想想，如果被拒绝，就当作自作多情好了。于是我准备好要冒险了。

“玛洁希，我们明天或许可以见个面，您觉得如何？”

“好啊，我会带着乐意前往。”

“我倒宁愿只有我们两个人，但如果您想带着这个乐意一起来的话……他是您的朋友吗？”

“拜托！你这是什么烂笑话啊？”

“你对我做了什么？噢，你好重啊，马上送我回去！我踏出这一步很不容易，所以不要再闹了！”

“这根本是老掉牙了。‘乐意，是你的朋友吗？’你都不会觉得不好意思啊？”

“不，我不觉得不好意思。马上送我回去，我现在脸色一定很怪，她会认为我很不自在！”

“不会啦，你会很自在，而且还带着你那所向披靡的幽默感，她根本无力招架。那位小姐已经是只煮熟的鸭子了！”

“如果你再不停止嘲笑我、不马上送我回去，我保证星期二我再也不会张开嘴巴！里欧这星期正好到他朋友家，我想抓住这个机会！走开，你快把我的一切全搞砸了！”

“你别这么担心啦，反正她肯定会答应，你就放松一下嘛。”

“假如她真的答应，我就原谅你，可以了吧？可以送我回去了吗？”

“好啊……带着‘乐意’！”

“没关系，你继续嘲笑啊……快点啦！”

“哎哟，您别担心，我会一个人来。您要我留下电话号码吗？”

“谢谢，那么我明天打电话给您？晚安！”

在餐厅里，我告诉自己，就第一次约会的地点来说，这里很棒。我有点紧张，“第一次约会”，我很好奇自己竟然这么说……十五年来第一次约会。在等待玛洁希时，我嘴里一直念着这个句子:“今天是新生命的开始。”我有的是时间迎头赶上，或者该说，我有的是时间攻城略地。我必须善用剩下来的时间，好好过日子就对了。

“你好吗？我们可以用‘你’来称呼对方，这样比较好，不是吗？”

“好啊。”

“你好漂亮。”

“谢谢。不过如果你希望的话，我们在工作场合还是可以继续用‘您’来称呼。”

“看状况再说吧……你要喝杯餐前酒吗？”

我早已忘记做爱所能感受到的那种爆发力，仿佛罹患了性行为遗忘症，什么都不记得了。一起脱光衣服有多难？在对方眼中寻找对自己的评价有多难？去发掘对方的身体、味道与喜好有多难？我也早已忘记害怕自己表现不好、害怕无法摆出男子汉架势、害怕无法满足人的恐惧是什么。她觉得我身材好吗？她会特别表现以讨我欢心吗？我可以放任自己享受该有的欢愉，享受那强烈而醉人的欢愉吗？

然而，就算经过数十年，高潮的记忆仍然可以回到以往我们熟悉的模样，恍如一条被遗忘的童年小径。原本以为什么都不记得了，但是随着脚步往前走，我们会想起这儿有棵树，那儿有道墙，右边还有个小喷泉，而就在路的尽头，会看到一个小石块，想当年有点想哭的时候，我们会坐在上头。而在这张床上，我也忆起了爱抚动作、耳边的喃喃细语，以及脖子上的草莓印。这是一条欢愉小径，仿佛我昨天才走过。我问自己怎么会忘记呢？它就在那里，而且改变不大，只是气息不同，似乎带了点秋意。

“好，我要走了，谢谢你带给我这个特别的夜晚，你真的很棒！”

“你要走了？不留在这儿过夜吗？”

“噢，不了，我不喜欢睡在别人床上。”

“那我们什么时候再见面？”

“嗯，星期一，就像平常上班一样。你到公司时要再说个笑话给我听哦！”

“不，我的意思是……”

“你知道的，我并不想搞砸自己的生活，只是想玩玩，享受一下美好时光，就像今晚！你失望了吗？你有不一样的期待？”

“噢，不，一点也不。和你在一起兴奋极了，我也没胡思乱想，丝毫没有拘束！”

“太好了！来，最后再给你一个吻。再见了，我的太阳神！”

他妈的。

“上帝？”

“什么事？”

“她只是想要……做爱。”

“你可以说‘一夜情’，这样并不会损伤我纯洁的耳朵！”

“她只是想要一夜情……”

“我都看到了，没错。然后呢？”

“然后就没有了啊，什么都没有。这很奇怪，我不是这样期待的。”

“不然你期待什么？”

“坦白说我也不知道，但她就让我杵在那里，害我觉得自己有点呆。”

“耐心点，她才三十岁，而你可是整整多她十五岁。成熟一点，以大人的角度来看待事情，这应该不会对你造成困扰吧！你爱她吗？”

“是没错啦，但不如说……”

“布鲁托[1]是卡通里的一条狗，而我呢，是上帝，你弄错了！”

“哈哈，很好笑，我快笑死了……”

“反正你也不过是用一个这种等级的烂笑话来钓她，再加

1. 作者在此玩谐音游戏，“不如说”（plutt）音似“布鲁托”（Pluto）。

上一句差劲无比的赞美和三个媚眼，就换到今晚的一切。这种程度的主动，你还期待什么？”

“什么都不期待，我只是忘了这方面的反应。我本来是想，我跟她或许可以试着再见面，也就是说……哎呀，反正这不重要了。你说得对，我已经东山再起，开始为自己创造一些时刻，这是多年来的第一次，所以这样的结局应该足够了。”

“我没什么好说的了。很棒，这对你来说很有帮助。”

“喂，无所不知的你能不能告诉我，她是如何看待我的？我的意思是，嗯，体能方面……”

“这个问题很私密哦，先生！”

“算了吧，你少假惺惺了，快告诉我。”

“好吧。当你脱下小裤裤时，她觉得你跟弗洛伊德有相似之处，都是小小的！”

“你真是爱开玩笑啊你……”

我就这样躺在床上，好久好久，思索着刚刚发生的一切。难道我不该跟她上床吗？管他的，反正这一切让我觉得很棒。

尽管思绪有点乱，但这只不过是我脑子里小小一部分转不出来。我仍然想做爱，就像多年后又骑上单车，会马上想再次踩上踏板一样。但我不能现在就打电话给玛洁希说我明天想见到她，否则我肯定会表现出一副矬样，或者更糟的是，看起来像暗恋。她说得对，我们应该到今晚为止，反正我和她没有任何相同之处。那么，现在我要找谁来做爱呢？跟玛洁希是很容易，因为她是唯一对我抛媚眼的女人。我得好好思考一下这个问题，而在还没想到之前，就先停止双人性行为，或许开始自慰也成——今晚起，这方面的进展应该也会很快吧。

我真是不得不承认，进酒吧和一些女生聊天，满脑子只想跟她们上床，并不是非常复杂的行动，而且十之八九会成功，这个方法真不赖。我之前有想过要拿掉婚戒，但反而多此一举，因为她们总是马上注意到这只婚戒，然后问我是不是已婚。我回答“是”，她们就知道自己不能有所期待。这对我来说真的很方便，因为我就不用长篇大论去解释我的意图，反正她们也只是想玩玩。这些女生会觉得自己把我从一个地方偷了出来，偷到另一个夜晚空间里。而在这个空间中，她们使出浑身解数，和我口中那个美丽、聪明又感性的女人竞争。我并没有说谎，只是她现在也只存在于我的无名指上了。

总之，今晚，我又要出门去寻找愉悦去了。要出发啦。这是个激动人心的时刻。

上帝哭了

我不知道究竟是怎么一回事，这状况就突然出现在我身上。第七十四号战利品刚离开时，事情就这样发生了，我完全摸不着头绪——我竟然哭了起来！绝不是因为她，也不是因为任何事，但我就是不知道自己当晚为什么哭泣。

几天后，我在看电影时又哭了，而且还不是一部感人的电影——不，那根本是喜剧。第三次是在厕所里，第四次则是在工作时，我还得赶紧躲起来，之后我就不再数了。我只能搞不清楚状况地担心着，不过，最后我还是跟他提起这件事。

“我到底怎么了？”

“你莫名地哭泣，而且总是在意料之外的时刻。”

“多谢提醒，我已经注意到了，但为什么呢？”

“你觉得为什么？”

“我会这么问，表示我什么都不知道，真是的！”

“别激动啦，你是因为忧郁。”

“忧郁，我吗？这个年纪？”

“这跟年纪一点关系也没有。”

“那跟什么有关？”

“你该自己找答案。”

“喂，说吧，我可不是当年的菜鸟。你别把我当哲学家，答案你应该有，只要说出你的想法……”

“这就对啦，我们来谈谈你的想法。”

“没什么好说的。”

“怎么会呢？”

“我真的没什么了不起的想法，除了对里欧还有些意见之外，其他的呢……你认为我对那些被我带回家的妓女会有意见吗？”

“瞧你说的。你带回家的那些不尽然是妓女啊，里头有几个很不错呢，她们应该会很喜欢你。”

“我才不管她们喜不喜欢我，这又不是我要的。”

“那你要什么呢？你打算在几个女人怀里感受重生？你这样做已经好久了，后面还有几个？”

“我也不知道，问题不在这儿。”

“这是你说的……”

“好吧，那你要帮我吗？”

“帮你什么？”

“帮我停止这种像小孩子一样哭哭啼啼的状况！你想想

看，如果开会时突然这样发作，我该怎么办？”

但是状况并没有停止，而且变得更加严重。我每天都哭，一天哭个好几回，这让我觉得自己像个残障人士。于是我请了三天假，把里欧留在他外婆家，然后一个人待在屋里，问自己是否该去看心理医生，一劳永逸地解决这个问题。我决定放手一搏，随机挑了个心理医生——男的，因为我学乖了。不过没什么用，因为我根本不想说话。总之，我现在只有对他才开得了口。

“上帝？”

“你要拜托我的事，我可不愿意做。”

“拜托，帮我一下啦。我完全摸不着头脑，已经被这些掉泪的蠢事给吓坏了。”

“他妈的，你该不会要我对你进行心理治疗吧？”

“为什么不？跟你在一起，我可以轻松说话。”

“但那不是我的角色啊，我又不是心理医生。你再好好想一下整个问题，恢复镇定！”

“难道你看不出来我很痛苦吗？浑蛋！我很痛苦，而且甚至不知道为什么痛苦！一切原本好好的，现在却糟到不行！帮帮我，求求你，你不能让我独自面对这种状况，你不会知道什么叫痛苦……”

“不要胡说……”

“我才没有胡说！你就在眼前，而且无所不能，可以帮我，却什么都不做。你才不会管我有多痛苦，因为你从来没有经历过痛苦！”

“闭嘴！”

“不，我才不要闭嘴！你不懂我，你没有心，你根本不知道什么叫痛苦！”

“你想要我告诉你什么叫痛苦吗？你要我跟你谈谈痛苦吗？你难道从来不曾问过自己，为什么我会知道你们的一切？我会知道所有事情，是因为我无时无刻不跟你们一起生活。你了解吗？我就是你们，我是你们每一个人！我独自承受全人类的痛苦，所有痛苦！你想知道什么叫痛苦吗？那我就好好跟你解释。痛苦是：此时此刻，我的名字叫海蒂。我十一岁，快要饿死了，而且眼睁睁地看着村子里的许多人在我面前死去。我知道自己的下场是什么，竭尽所能地忍耐，但这太难了。几个星期前，我就已经站不起来，于是我躺了下来，但褥疮深深凿进我的皮肤。母亲并不为我哭泣，因为她已经为我的兄弟姊妹伤心到不行，他们先走一步了，我知道等着我的是什么，我很难受。

“此时此刻，我的名字叫法兰希瓦。我九十岁，八年来，除了护士之外，没有任何人来探望我。我呢，空的并不是肚子，而是心。他们把我忘了，我对任何人而言都不再存在，你懂吗？对任何人来说都是。我的家人、我的小孩，他们从不讨厌我，也和我相处愉快，但是我老了，拖累他们，于是他们宁可把我忘了，让我从他们的生活中消失。我想死，但死亡还不来；我无法自杀，因为我相信上帝，于是我等着，虽然很难受，但只能等待。而让我最难过的是，生日当天的早晨或圣诞夜，我总是抱着希望，但没有任何人来探望我，甚至连一通电话也没有，没有人打过电话来，但我还是期盼未来会有。

“此时此刻，我的名字叫安珀。我五岁，跟我妈妈在一起的那位先生刚刚在她手臂上扎了一针，他自己也打了。现在妈妈睡倒在地上，嘴里说着一些奇怪的话，而这位先生把我带进我房里，脱下我的裤子，然后在我身上摸来摸去，让我觉得很难受，还把手指头伸进我身体里。我哭了起来，但如果我大叫，他就会对我说他要杀死妈妈。我觉得非常难受，于是吐在我的娃娃上，然后就晕倒了。

“此时此刻，我的名字叫帝摩。我原本安稳地在公路上骑车，结果一辆卡车高速撞上我，冲击力道相当惊人。我无法移动，什么都听不到，只能稍稍把头挺起来，但是我看不见自己的脚和小腿。我的脚掌掉落在车子的踏板旁，这时我才意识到那些四散的肉块属于我，那是我的小腿。我大声喊叫，却听不见自己的声音，还看到自己的肚子有个大洞，肠子流了出来。我对自己说这是场噩梦，这时我的身体苏醒了，疼痛和听觉也恢复了。我听到有些人在四周大喊着，还看见一辆车子烧了起来，而那些被困在车里的人正用手掌死命拍打着车窗，他们身旁尽是火焰。我祈祷这一切可以停止，并想到我的妻子与双亲，我真的好爱他们！

“你还希望听哪些痛苦？此时此刻，我叫桑多斯，正要到离家不远、深夜还在营业的商店去帮小女儿伊娜伊娃买尿布。而就在离家几米处，不知道打哪儿来的一群街头小混混围住我，向我要钱。我把身上仅剩的硬币都拿出来，他们却嫌太少，有个混混就从后头打了我。我试图让这些人冷静下来，但他们人太多了。接着又有第二个人迎面给我痛击，然后拳头就如雨点般落下。我被打得全身都痛，头还晃来晃去，然后跌坐下来。他们停手了，但其中一个从袋子里拿出几支扁钻，分给其他人，然后对他们说必须将我刺穿，就当我是一块肥肉。那些人大笑了起来，拿着扁钻走近我。带头的一把刺进我肚子，我痛得大喊救命，但是当我朝公寓方向看的时候，里头的灯光全暗了下来。那些混混继续大笑，把扁钻插在我的背上、我的大腿，一直不停手，让我痛彻心扉。他们还往我脸上插，穿过我的脸颊，这让他们笑得更厉害。接着，其中一个人靠近我，用一只手抓住我的头，我求他放过我，但他要我好好看清楚，然后便将扁钻插进我的一只眼睛里，还死命压进去。我感受到金属进入体内，那种痛与恐惧难以言喻，接着听到肌肉从头部分离的声音，然后就什么都听不到了。

“此时此刻，我叫萨芙雅。很久以前我被逼婚，但现在我已经找到初恋情人，他是我唯一的爱。几个星期前他成了鳏夫，于是我们开始密会，但被人告发，我便落到现在这个下场：被绑住手脚、蒙住眼、埋在土里直到腰部，并被盖上一块白布。我听到四周那些男人在大叫，他们都疯了，还听见他们把手里的石头撞得咯咯作响，等着用来丢我。我真的好害怕，怕会痛。第一颗石头不巧打中我的脸，那撞击力道如此强烈，把我的牙齿和下巴都打碎了，而我的上颚骨就这样掉在舌头上，源源不绝涌出的血液让我窒息。第二块石头又丢过来了，打断我的肋骨，肋骨又刺穿肺脏，我无法呼吸了。一切发生得如此迅速，却又如此冗长。好几块石头同时打到我，痛得让我连叫都叫不出来。我听见那些男人发出的沉闷声音，还有如雨点般落在我头上的石块响声。我的骨头一块块碎裂，皮肤与肌肉分离。我好痛，希望所有男人都死掉，但现在好了，坏人走了，只剩下几只狗儿的嘶吼声和我骨头的断裂声，这一切应该很快就会结束……

“你还想听更多吗？此时此刻，我是个被人割喉取乐的孩子，死得不明不白，不仅害怕，还很痛；我是个被人砍断手的男子，而我的手之所以被砍，是因为我偷了一个水果，但我实在太饿了；我好难过啊，我是个在爷爷家的泳池里溺水的小女孩，无法自行爬起，感觉到水涌进体内，很不舒服，身体好像快要爆炸了；我是个癌症末期患者，身体的所有排泄物几乎都从嘴里呕出来；我是个刚生下死胎的母亲；我是个……”

他一时找不到自己想说什么，便停下来，再也承受不住了。他抬头看着我，然后……他哭了。我竟然亲眼看到上帝哭泣，于是我走向他，牵起他的手。这是我第一次碰触到他，他的手是温热的，就像我一样。我用双臂环绕着他，紧紧地、用力地抱住他。他哭得很厉害，因为全世界的痛苦他不仅得面对，还得亲身经历。我也哭了。时间过去，人类仍在受苦，而上帝在我怀里哭泣。

生活重回轨道

自从那件事之后，我不再哭泣了，他似乎用了某种方法让我重上轨道。我们不再提起那件事，我想他也是会害臊的。这样最好，反正我也不知该如何安慰他。当我们有了一些相似的经历，对我来说，语言似乎不再具有真正的意义，反正我也找不到适当的文字来表达。不过我倒是不再对女性展开那种发狂、失去理智的疯狗式追求，以前的行为真可笑，是我对自己说谎，而这个谎言让我生病了。但我也不认为自己已经准备好遇见另一个女人，一个可以共同经历震撼人心的事物、再次触动情感，并试着掌握情感的女人。大家都说，如果发生了就是“有缘”，但“有缘”这个词根本说了等于没说，因为一切都是偶然决定的，连上帝也无法安排。最近就连我岳母——艾莉丝的母亲——也对我说，让一个女人进入我们的生活、住进我们家，对里欧或许有帮助。我还真不知该如何回应。

生活又重回轨道。总之，对我来说这样才正常，也就是说，之前那个平凡男人在某个时期变成寻猎女性的猎人，反而是一段不寻常的插曲。上帝倒是让我清楚知道，我肯定伤了许多人的心，因为她们起初应该是有所期待的，我却一点也没有，这或许就是我的问题所在：我不再有任何期待。我必须找到自己生命真正的意义。经过好长一段时间的思索，并且跟上帝谈了好几次之后，我决定将自己的幸福几乎完全投注在儿子的幸福上，帮助他长成一个优秀的人。这样的使命对我来说也不至于太难，只要成为模范父亲就行了。我已经当了好几年的幽灵父亲，又浪费了好几年在寻欢作乐，我想我真的欠里欧一个好爸爸。再说，他现在已经是个青少年，虽然我还有点难以接受，但起码我注意到他真的长大了。还记得我自己在青春期有些迷失方向，对我来说，那是个非常诡异的惊奇，因为我父亲从来不曾告诉我青春期一些变化会让那个年纪的人心绪大乱。所以，我才不要让我儿子重蹈覆辙，掉进我曾有的茫然里。

于是，我决定在里欧十三岁的某天晚上，跟他来一场“男人之间”的严肃讨论，这样的对谈只能在完全不受干扰、让人放松的气氛中进行。他用非常专注的眼神凝视着我，问我要跟他说些什么，我便开始长篇大论。而因为怕有所遗漏，所以为了保险起见，我几天前就打好了草稿呢！

“儿子啊，你已经十三岁了，这是个改变的年纪。对男孩子来说，你这时将成为男人，声音会有所变化，身体也是，你一定会经历，呃……勃起。你知道什么叫勃起吗？好，在荷尔蒙的作用下，当你看到女生时，会感受到一股冲动——注意，当然有些男生在面对男孩时，也会有冲动，我是不介意啦，因为我很开放，如果你是这样的男生，跟我直说无妨。不过，女孩子总是更好一些，你会知道的，更何况我很了解你……总之，在你这样的年纪，勃起现象是正常的。所以，如果你对性或爱情有疑问，或者遇上什么麻烦，我都希望你知道爸爸始终在你身边，会回答你所有问题，分享你所有困惑。我们之间没有任何禁忌，在此之前，你有一个爸爸；而从今以后，你不只有个爸爸，还会有一个朋友，一个想要完全倾听你声音的朋友。我希望你对我有信心，也希望你可以毫不犹豫地跟我讨论，无论何时，你都不会打扰到我。你觉得如何？”

“好啊，爸爸！”

他拥抱我之后，便回自己房里，我想他大概是要回去好好思索我刚刚说的那段话吧。

这天，里欧一大早就把我叫醒，然后把咖啡端到我床上——他就是这么讨人喜欢。

“谢谢。你起得还真早啊，昨晚没睡好吗？”

“好好好，睡得很好，你整理我房间时，会很惊讶床单都弄脏了。”

“怎么搞的？”

“……”

“你又在床上吃东西了，是吗？”

“……”

“你倒是说话啊，我又不会骂你！”

“你还搞不清楚吗？我弄脏了床单，还会有什么！昨天晚上我变成男人了，难不成还要我画张图跟你说明吗？”

“噢，噢，好，我知道了！嗯，很好，这很好，这……很好，太棒了。”

“我要去杰黑米家了，拜。”

太棒了？我到底是哪根筋不对劲，居然跟他说“太棒了”？！这样的回答根本就是零分，我真不配当个父亲！我应该表现得自然一点，问他有什么感受，一切都还好吧。哎呀，我也不知道啦，反正我应该说些话让他放心才对，或者可以稍微运用一下幽默感，当他问我要不要画张图向我说明时，我应该跟他说以他的实力，在床单上画一幅法国地图肯定没问题！啊，这个回答应该会得高分，可惜没用上，他已经出门了。他一起床就跑来跟我说这种事，让我完全没有心理准备，下次我应该可以表现得更好。

大多数时间我都跟儿子在一起，而我觉得不解的是，他的青少年生活似乎十分单纯。我原本想跟上帝打听消息，他应该可以透露一些里欧的事让我知道。但我仔细想想，一来，上帝可能会拒绝我，告诉我说整体而言他都很不错，但有些小细节我不必知道，尤其是那些他根本不想告诉我的细节。二来，光是想象我父母要窥探我的秘密花园，就够让我愤慨的了，所以我不想如此对我儿子。他现在这样就很好了，一直很合群，会和朋友在电话里聊天、一起运动，从不显露悲伤或忧虑。我们会有时间相处，两个人一起做事、一起谈天，他没有表现出不耐烦的样子，可见我也不是个太无能的父亲。我们可以敞开心胸聊很多事，同学啦、好朋友啦，还可以谈他的女朋友，很让人讶异吧！当他跟我说喜欢尤尼戴尔的时候，我就知道这样的谈话显然不会让他觉得尴尬。有一次他还告诉我有个女生在打他主意，但他觉得那女生并不是很漂亮。另外，他也会提到他们在班上做的一些蠢事，而那些小事情就能让他很开心。

星期三，我们一起去了墓园，那天是艾莉丝的冥诞。

“说说看嘛，妈妈是个怎样的人？”

“她是……完美的，一个完美的女人与母亲。真的，我这么说并不是为了让你对她留下最正面的印象，而是因为这是事实，她是我生命中的一切。”

“你知道吗，我已经不太记得事发当天的状况了……”

“很不幸地，我呢，还是记得一清二楚，每个时刻、每个景象都没忘，太恐怖了，就像噩梦一场。你母亲是我的真命天女，就像电影里头演的那样，但她并非杜撰，而是真实的。之前我没告诉过你，当我在医院看到她时，医生必须强行帮我注射镇静剂，才能让我冷静下来，因为我把他们其中几个扁了一顿。”

“真的吗？”

“真的，还打了几个护士。”

“可是我从没见过你打人啊，何况你从来不打我！”

“那不一样，当时的我悲痛得快要疯掉了，你知道的。我实在很生气，对整个世界感到愤怒，于是我的悲伤只能借由这个方法发泄。我的痛苦必须透过拳头出来，我已经乱到失去理智了。”

“那现在你好多了吗？”

“是的，应该算是好多了，多亏有你。”

“那么，你为何不再为自己找个女人？”

“我不知道。”

“你不认为妈妈会这么希望吗？”

“她会希望我这么做吗？”

“当然会啊，这是为了你好，而且事情都过了那么久了……”

“如果有这么简单就好了，如果我可以亲耳听到她说……但是，我不知道。”

“我觉得你应该这么做，反正我会很高兴，假如新妈妈很亲切的话，嗯，还要很漂亮……反正我的意思是，你觉得漂亮就可以啦。”

“那你觉得我应该怎么找？一个漂亮的老太太，你的意思是这样吗？一个有着漂亮皱纹的老太太跟你的老爸爸在一起？”

“哎呀，不是啦，你都没有认真听……”

“我知道啦，我是开玩笑的。你真体贴。”

我抓住他的头，把他拉进怀里，拥抱他。他对我笑了笑，然后挣脱开来。

我有点焦虑，甚至坐立难安，因为上帝说今晚要送我一个礼物。听到的当下我很高兴，但是当我向他要求知道更多细节时，他告诉我这个礼物将揭露某个信息，是时候让我知道了。就这样，我的压力简直要破表。或许他要向我揭露跟全人类有关的问题？或者是某个神圣的秘密？还是要揭露我的未来？我也不知道。有时我会自问，他到底有没有意识到他对我有多大的影响力，尤其是这种要宣布大事的时刻？我被整件事情的悬疑性淹没，而现在已经十一点十分了，他却还没出现，这是他第一次迟到。

“晚安！”

“请告诉我，你的生日是哪天？”

“我没有生日啊，真是的。”

“噢，那真可惜，因为我想送你一只手表，你已经迟到十分钟了！”

“我是故意的啊，我就是喜欢看你绞尽脑汁！”

“你心肠还真好，谢了。好，说吧，你要向我透露什么事？”

“很简单。我要告诉你，为什么我当初选的是你，不是别人。”

“我总算可以知道那该死的理由了！你还真憋得住啊，居然拖到现在才肯说！”

“但是注意，就像所有礼物一样，你必须配得起这样礼物，所以我要问你两个问题。”

“好，来吧！”

“第一个问题是：在你一生中，和谁的相遇对你来说最重要？”

“艾莉丝啊，你知道的嘛。”

“第二个问题是：你还记得我告诉过你的第四条法则吗？”

“当然啦，你一个字一个字告诉我，让我背下来的：‘对于我们的相遇，你不能过分看重其实际的重要性。’”

“这就对啦，你把这两个答案放在一起想，就知道我为什么会选择你了。”

“想不出来，真的，我不是很清楚。”

“仔细思考一下吧！你刚刚毫不犹豫地对我说，在你一生中，和艾莉丝的相遇对你来说最重要。换成任何人，都会回答说和我的相遇才是最重要的，和上帝的相遇！你知道吗？”

“噢，对不起，如果我刚刚的回答伤到你的话……”

“不，你不需要抱歉；相反，这样很棒，正是因为如此，我们才会相遇！因为你是唯一可以完全了解并吸收第四条法则的人，也因此，你是唯一能和我说话的人。你知道我多不希望影响你们的自由意志吗？而就是因为你有那样的想法，‘和我相遇’这件事才没有让你的生活变得一团糟，也不会让你作出不一样的选择。我并没有让你变得更不自由，所以我们才会相遇。”

“噢，原来是这样……其实我也不是故意不看重我们的相遇，只是我没有意识到这件事的重要……”

“这就对了。”

“所以到头来，我之所以会和你相遇，是因为我比较在乎艾莉丝。”

“没错，因为她比我重要。”

艾莉丝，又是因为她，她还真是为我带来了一切。但是，为什么呢？为什么上帝问我这个问题时，我会回答是她，而不是他？我也不知道。或许最重要的，并不是“爱”，而是教我们如何去爱的人吧。

储存爱情

里欧说今晚想跟我谈一些严肃的事。他的态度如此慎重，害我从早上就不断问自己：“他到底要跟我说什么，让我要费这么大的精神去准备？”我之前还觉得他的状况一直很不错啊。虽然上帝已经事先透露他会幸福，会有美好的一生，但有时我仍会想到他或许有什么事瞒着我，一些不顺心、让他坐立难安的事。哎呀，我不知道，十六岁这样的年纪大概多少有些问题，就算没什么大问题，总也会为赋新词强说愁，耍点忧郁、来点恋爱小伤或小遗憾吧。里欧当然长得很帅，虽然俗话说内在比较重要，但外表还是有些优势的，尤其是他这个年纪。此外，里欧也很聪明，很讨女孩子欢心，所以这方面应该很顺利。我还想过，如果我是他同班同学，一定看他有点不顺眼，因为他总是那么怡然自得，或者用我们那一代的说法就是“酷”——瞧！我连现代年轻人的用语都不知道呢。其次，我也赚了不少钱，他应该无所匮乏才是，在物质上算是被宠坏了吧，不过他倒也不滥用我的慷慨就是了。不管了，我就等着他来告诉我究竟是怎么一回事吧。

“你知道的，我要跟你说的事有点不寻常。其实我问过自己好多次，呃，我不太知道怎么解释……”

“什么事？”

“跟爱情有关的事。”

“好大的题目啊！”

“不，是个很明确的问题。好吧，我就说了。你知道吗？我和莎宾娜在一起已经三个月了。”

“或许是久了点，没错。”

“她昨天对我发火，说我宁可和死党混，也不愿留时间给她。她告诉我，光是用嘴巴说爱她是不够的，还得表现出来。我要跟你说的就是这件事。”

“你知道的，在十六岁这样的年纪，为爱情伤感是很正常的，我当年也是。”

“但问题不在这儿啊！”

“那在哪里？”

“问题出在，她这样发飙并没有让我感到难过，或许只有一点点吧。”

“那不是更好？这就表示她不是你的真命天女啊！”

“那样才不好呢！我已经交过好几个女友，也带几个回来给你看过，事实上，我女朋友的数量比你看过的还多。”

“够了够了，你这个浪荡子，吹牛也该有个限度吧！”

“不是啦。我的意思是，我也跟不少女孩子交往过，但每一场恋情结束，我都不会悲伤，从来不会，这就是我的问题所在。分手过程肯定会让人掉泪，因为女孩子总是哭得稀里哗啦，我却从来不会觉得难过。”

“那又怎样？我实在看不太出来问题到底……”

“但是你和妈妈的感情却让你在失去她的时候十分悲伤，因为你非常非常爱她。所以，如果我不悲伤，就表示我爱得不够强烈，或者我根本不爱对方，这样事情就麻烦了。”

“等等，大男孩，这一点儿关系也没有！”

“当然有！我觉得自己在感情上根本是个残障！为了快乐

而谈恋爱非常重要，不是吗？所以我真的有毛病。”

“没有啊……”

“你知道吗，有一天，我翻了一些你留下来、属于妈妈的旧东西，结果在一个小盒子里发现几张她写给你的字条——希望你不会生我的气。”

“那你读了吗？”

“是啊。你不会生气吧？”

“我不知道。”

“我只是想多认识她，想知道一些她的事情，所以……”

“我懂。”

“当我读着那些小字条时，我发现妈妈陷入了热恋。这实在太美了，简直像书里头的故事一样。”

“是啊，我以前常常告诉她，她真该去写小说。”

“但她并不是在写小说，而是把那样的情境真实地活在现实生活中。她如此深陷热恋，真是令人难以置信。她经常把自己的感受写下来，除了恋情刚起步时，但就算她没有写下来，我们也可以了解沐浴在爱河中的她有多快乐，一切实在太明显了。你啊，运气真好，她也是，因为我从来不曾有过她对你的这种感受。有一次，我试着写张字条给莎宾娜，就像妈妈那样，却怎么也写不出来……”

“那是因为你感受不到爱啊！”

“这就是问题所在。像妈妈那样的爱情，我，感受不到。”

“听着，大男孩，像妈妈那样的爱情，人一辈子只会遇到一次，因为用那种方式爱人的女性，除了你妈，我没再遇上另一个，就跟钻石一样罕见。像妈妈那样的爱情，我不认为会出现在十六岁。你知道的，我那年是三十岁，是你现在年纪的两倍大，而且我还是运气好才遇得上。也因为妈妈那样的爱情如此罕见，让我从此驻足。所以不要急，你有的是运气，很大的运气。再说你也真的很幸运，知道妈妈拥有过什么样的爱情，所以当爱情来临时，你会认得出来。到时这份感情会显得更加珍贵，因为你会时时刻刻、分分秒秒珍惜她。我向你保证，总有一天你会经历像妈妈那样的爱情。”

“你真这么认为？”

“我很确定。所以在还没遇上的这段时间里，继续快乐地过日子吧，尤其别忘了要像个十六岁孩子一样去谈恋爱。就算只有极少的感受，但随着时间慢慢累积这‘些许’爱情，总有一天它会让你疯狂地大爱一场。这就好像你为了‘那个对的人’而储存爱情能量，当你遇上真命天女时，所有的爱就会倾巢而出、源源不绝。”

“这个想法真不错，储存爱情。我了解了。”

里欧露出心领神会的表情，带着一抹漫不经心的微笑离开。他一定是在试着想象自己可以疯狂地谈恋爱，经历像妈妈那样的爱情。“妈妈那样的爱情”这个词听来好笑，但我要将它保留起来，当做“绝对爱情”“完美爱情”的同义词。老实说，我真的很幸运，能够经历那样的爱情。尽管那段爱情并没有持续很久，但是，我经历过“艾莉丝式”的爱情。

重建社交圈

“我会过得很好，你别担心。而且，你终于可以重新过自己的日子了……”

里欧带着一抹大大的微笑，对我这样说，声音里夹杂许多情绪。他拥抱我，接着再去检查一下床垫是否已用绳索牢牢捆住，免得半路掉下来，然后就出发了。玛丽安挥手向我道别，她显然很高兴里欧要搬到她那儿去，里欧自己也很开心，他们已经二十岁了，生活正要开始。

至于我是否该重新过自己的日子——如同里欧希望的——我倒是有自知之明，因为我五十五岁了，没有伴侣的生活也已经过了十六年，养成了一些独居老头的坏习惯。我还真不知道自己能不能改掉这些习惯，因为就算我想改，也没办法说改就改吧。最近这些日子以来，我明显感受到里欧已经受够了跟我住在一起。虽然他从来没有明白地表示出来，但我感觉到自己的一些怪癖已经让他不耐烦了。我越来越难以忍受噪音、骚动，总是在相同的地点买同样的东西，总是看同性质的电视节目，仿佛在这样的规律生活中，我才能找到某种平衡，才能让所有事情有个好结局。

不过，我常常感到孤独。以往我并不觉得自己老，但如今不得不面对现实：我真的是老了。当然不是老态龙钟，我的体力还好得很，但是……大家通常会用尊敬的眼光看我，而且长久以来，就连同辈的人和我初次见面，也都用“您”这样的敬语来称呼我，这是骗不了人的征兆。此外，我的外表也出现变化。倒不是看到身体变老，但是今天早上，当我仔细端详镜中的自己时，发现了这个可怕的现象：我认不出自己来了。照理说，我应该认得出自己呀，但我只认得脑中的自己。我觉得镜中的我和印象中的我完全不一样，仿佛我隐藏在数道皮层之下，隐藏在这个老朽皮层的后方。

我知道往后我是孤独一人了。我那么爱儿子，在他成长的过程中，他成了我的朋友，而我也把自己的生活范围局限在儿子和他的朋友圈里……我也不知道怎么会这样。我想，我必须重新发展属于自己的社交圈了，不然我的生活重心可能会只剩下枯等儿子打来的几通电话，以及星期二晚上的上帝之约。我实在害怕会变成这样，这样的人生也太贫乏了吧。虽然我装作若无其事，却越来越多话了。我喜欢做的事只剩下说话，噢，还有阅读，但如果继续这样下去，我可能会多出许多空闲时间，够我把里欧的房间堆成图书馆。

我不知道该去哪里遇见人。公司同事老早就因为我屡请不到，而觉得不耐烦了，因为我总是很有礼貌地拒绝，所以他们早就不再邀请我同乐了。我总不能一大早到公司就兴冲冲、喜滋滋地邀请所有人到家里狂欢吧！再说，假如他们不来，我可能会很糗，那岂不是糟透了？

或许我可以去夜店，但上次里欧成功地把我拖去那里参加他的庆生会时，我根本不喜欢那种地方，感觉十分格格不入，没有我立足之地，而且那天晚上竟然有人打群架，让我觉得好害怕，发自内心的害怕。里欧说没什么好担心的，这种状况经常发生，只要注意一下就好。问题是，要注意什么呢？一切都超出我能忍受的范围，当我看到那个满脸是血的年轻男孩经过面前时，真的被吓坏了。我被那些暴力行为吓得惊慌失措，只能拔腿离开。

暴力。现在街头巷尾谈论的只有这个话题，每天早中晚都有一些攻击、爆炸、冲突、战争和死亡事件。我觉得日子越过越糟糕，但上帝肯定地告诉我，情况一直都是如此啊，这是一种周期循环，暴力与残忍行为不断升高，接着自会销毁，就像膨胀的蛋奶酥会漏气变回原来的模样。“漏气”这个词在我听来很刺耳，但是上帝说，暴力是人类本来就有的，尽管他希望可以集合众人的意识消除它，但似乎也只能委屈接受。

“你知道的，暴力在前阵子已经高涨到顶点，我不得不承认，但过去还有更糟的状况呢。当然，最近有数百万人死亡，而且持续增加，这是个相当庞大的数字，但是跟之前的人数相比，可就小巫见大巫了。一切会再恢复平衡的，你等着瞧吧，那些被摧毁的地方，生命会重拾轨迹，因为人们想要活下去，所以会重建，会再生小孩。历史总是重建在未来，一直都是如此。我可以回顾过去，所以能说出这番话。你知道以前我很痛苦，但现在你们什么都看得到，便能实时了解当下发生的一切。你还记得小时候的事吗？你十岁时，当时只有电视和报纸，你知道的信息比现在少得多，所以感受到的暴力较少，而你祖父母生活的年代还只有报纸等平面信息呢！如果再往前推得更久远些，想想中古世纪，信息都被封锁住，假如当时的人们可以像现在这样轻易取得消息，那他们可能会被暴政吓坏，因为最残暴的酷刑都在当时发生……”

“假如真这么可怕，你怎么承受得了？‘不幸’虽然一直在增长，但用你的爱就可以一次把这些不幸给解决了！”

“事情没有这么简单，我无法决定你们是不是应该全部死掉，那是你们的自由。我再次提醒你，我是‘爱’，是给予所有人类的爱，但也是所有人类付出的爱。而我感受到的不只是你们对所有人付出的爱，同时也赋予你们一种无止境的爱，而这种爱就是希望，希望总有一天灾难能停止。”

“但‘不幸’总是占上风，不是吗？”

“关于这点，我无法说谎，‘不幸’有时的确会占上风。没有人抵挡得住受难时的苦痛，然而很快地，人们会再次去爱，而且会比以前爱得更疯狂、更热烈。人类做得到的。”

“但为什么人类总是那么暴力？”

“很不幸的是，暴力在生命的发展过程中不可或缺。为了成长，生命必须彼此搏斗，这是事实。生命意味着求生存，所以暴力存在，当然也属于不幸的一部分。”

“我并不想冒犯你，但你从一开始就犯了个大错：你在创造生命时，就应该想办法让生命没有暴力也能自我发展！”

“可是我并未创造生命啊，我根本没有创造任何东西！”

“什么？连我们也不是吗？”

“是的，我没有创造人类。再说，你从没问过我这个问题，仿佛这对你来说再明确不过，仿佛这个老生常谈已经根深蒂固地烙在你心里，烙在你们心中。事实上，人类和我是在同一瞬间出现的。听好了，这表示没有任何一方比另一方先存在。爱的诞生让我存在，而我的存在产生了爱，因此，我无法决定任何一件与你们有关的事。我想你可能有点难以接受，但我真的不是你们想象出来的那个造物主，造物主根本不存在——关于这一点，科学说得对。”

“我实在……该怎么说呢……”

“失望吗？我了解。然而，那些六天创造事物、一天休息的故事——说得好像我没有能力连续工作七天似的——也只是古时候的人面对生命奥秘，无法且无力提出解答时，另一种说辞罢了。但生命并非难解的谜，就某种层面来说，它不过是某项课题的逻辑。”

“搞不好你上头还有一个上帝，他在创造你们时，把你和爱同时创造出来？”

“你书看太多了。很不幸地，宇宙间并没有另一个上帝，我没有顶头上司，也没有下属。你想想看嘛，我那么希望有人可以分担我的角色，所以肯定找过了。但事实上，并没有另一个上帝。我是‘唯一’，因为你们是唯一去经历爱的，就这样。”

我的心忐忑不安，但还是按了她家门铃。她迅速打开门，赏我一个大大的微笑，而我则依样画葫芦地回赠她一个，只是我这个微笑肯定僵硬很多。她建议我坐在沙发上，我面前有两个杯子，以及里头装了各式蔬菜所做成的糕点和蘸酱的瓷碗，她则坐在我身旁，不近亦不远。

我不知道该说些什么。我们是偶然认识的，在超级市场里，她请我帮她拿一个瓶子，这个瓶子放置的地点对她来说太高了。而当我把瓶子递给她时，发现她的篮子里有一部旧片子，便对她说这部影片我已经看过十多次了，我喜欢那个时期的经典片。接下来的事我有点记不得了。我们好像聊了几分钟，而结果就是两天后我受邀到她家做客。此刻的我身陷这张沙发椅中，慢慢意识到自己根本不知如何聊天，更不知道该聊些什么，但前天我们却那么自然地聊开了。她好像比较镇定，吃了一小块糕点，又喝了几口水，刻意地对我微笑，仿佛目前的状况对她而言已经足够了。她倒是真有魅力，算是漂亮的，但就算她不漂亮，我还是会接受她的邀请，因为我实在很想要，也很需要一个伴。

不知该如何像往常一样抓住机会聊天，让我对自己恼火起来。算了，还是请她谈谈她的生活吧，而趁这个空当，我也可以稍微暖暖身，准备出击。她叫丽丝，三十八岁，是个历史学家。她丈夫大概在五年前去世了，死亡的原因是他某天晚上喝多了酒，从椅子上摔了下去。他原本想在餐厅里小秀舞步，娱乐一下他的朋友，而结束前，他还想要点花拳绣腿给大家看，但这小花招让他失去平衡，摔下时脖子敲到桌子，颈椎就这样断了，餐厅因此弥漫着惨不忍睹的意外氛围。

我并没有告诉她艾莉丝的事，因为提到跟自己妻子有关的回忆时，我恐怕很难像她一样说得事不关己。所以我只告诉她我独居，不久之前我儿子展翅高飞，把行李放在小车子上，就这样离家了。瞧，我说出口了，完全无须思索，就这样自然而然地脱口而出。我再次出发了。

“你真是只性感的野兽。”这是她说的，以往我很少从女人嘴里听到这些字眼。我从她的话里撷取出一些自信心，我是不是可以这样归纳：随着年龄增长，我真的进步了？或者她在认识我之前，遇到的都是一些令人失望的男人？总之，我觉得现在这样的感觉很棒，流着汗，看她漫不经心地抽着烟。女人还真是让人惊讶不已，我原本只是因为想认识她才来赴约的，动机近乎单纯，但在吃过晚餐后，她迅速地扑向我，把我拉进她房里。我想打从一开始，这一切对她而言就已经很明确了，如果没出什么大差错，我上她的床早就在她意料之中。天哪！

她建议我留下来过夜，我看不出有什么好反对的，便留了下来，一直待到星期天晚上。而就在离开前，她问我何时再回来，因此我合理地推论：我们应该算是在一起了吧。成功了！虽然我并未真正意识到这究竟是怎么一回事，但我终于跨出这一步，又有人相伴了。

在日常生活上，丽丝表现得很有魅力，我在她身上找不到任何缺点，除了她很黏我之外。当我在电话里说我有点累，累得无法开车去找她时，她听不出“今晚我想独自一人”这样的言下之意，听进耳里的就是“我累了”，所以她会到我家来找我。而当她来了三次之后，便在我家留下化妆包。我原本以为她忘了带回去，但是稍微翻了一下之后，我发现里头所有的东西都是新的。于是，我挪出盥洗台上一半的空间，也清空一个抽屉。之后她来的时候，什么也没说，但她的东西很快找到了属于它们的位子。

而我当然也做了同样的事，把一些新衣物留在她家。到餐厅或她朋友家一起吃饭时，她都会很快地把我介绍给朋友认识。我们也会一起在家看影片，共度夜晚，有时在她家，有时在我家，视心情而定，但我们不再分开了。就这样过了一个月之后，她说希望我们生活在一起，分享一切。我答应了，但条件是：得住我家。

一枚戒指引发的误会

这是个小误会，我们也只能这样说。在这之前，我和丽丝一切都很好，但是我干了一件蠢事——为了庆祝在一起满两周年，我送给她一只戒指。对我来说，这不过是个漂亮的戒指——以黄金为戒台，上头镶了一颗钻石，当然漂亮啊。但我不知道在女性的语言当中，这种戒指叫单钻戒指，象征“订婚”，带有求婚的意思。当珠宝店那位女店员告诉我这是很特别的珠宝时，我应该露出惊讶的表情才是，因为这可能象征许多事，但我没有，因为我心里只想着这位小姐可真会做生意，她应该是对所有客人说同样的话，好让他们在她的专柜花大钱。何况，当年艾莉丝的求婚戒可是很简朴的。更糟的是，当我在餐厅递上这只戒指，而她说“我愿意”时，我实在尴尬到不知如何反应。重点是她还激动地当着所有人的面站起来拥抱我，害我实在没有勇气对她说，不是这样的，这只是个漂亮的戒指，我是因为很高兴我俩可以在一起而买的。

接下来的几天，丽丝整天都在歇斯底里地安排一切。“准备结婚典礼有很多事要做的。”她不停这样对我说。我相信的确是有得准备，因为满屋子都是和她一样歇斯底里的姊妹淘在走来走去，每个人都有意见，不管是餐桌、餐巾的颜色，或是给来宾吃的点心数量，大家都有不同的意见。至于我的想法呢，对她们来说似乎并不重要。

“对于这件事，你觉得如何？”

“我没意见啊，要结婚的人是你！”

“不，我的意思是，你会不会认为我接受这样的安排很蠢？”

“我要修正一下你的说辞，因为你并没有接受，只是任由她摆布。再说，管他的，反正我们知道事情会如何发展……”

“你是不是有事瞒着我……”

“噢，是啊，而且还是个天大的惊喜呢！”

“什么样的惊喜？”

“我什么都不会说的。好吧，先告诉你一点点：事情会在下星期二晚上发生。加油！”

星期二已经到了，真是令人难以相信，时间过得这么快。丽丝为我准备了丰盛的烛光晚餐，我实在很担心最糟的状况要出现了。

“亲爱的，我有个问题想问你。”

“你说吧。”

“等我们结婚安定下来，成了丈夫和妻子之后，你想要什么呢？”

“想要什么？”

“我的意思是，就性别来说。”

“我对自己的性别很满意啊，谢了，我可不想改变！”

“不是啦，能不能拜托你正经一次？你已经有儿子了，难道不会想要有个女儿吗？”

“这是怎么回事？”

“我知道这没得选，但你希望是男孩或女孩？因为我已经开始在想名字了，还有……”

“你是认真的吗？结婚后你想生小孩？”

“当然！事情本来就是该这样发展的啊：我们一见钟情，结婚，然后生小孩！”

“我倒是很希望你能早一点跟我说，在我还有发表意见的余地时……”

“但是我想这对你来说，应该也很明确啊！”

“问题是，丽丝，你是不是替我想太多事情了？”

“不过孩子的事你会考虑一下吧？”

“噢，关于这件事，我可以凭直觉斩钉截铁地告诉你：我不想要，因为我太老了，但最大的原因是我根本不想要。”

然后当她开始哭泣的时候呢，我就跟她说我会考虑一下。其实我根本不会考虑这件事，这么说只是为了止住她的眼泪。这种临场的懦弱，这种会让事情变得一团糟的懦弱，正是男人的专利。

“她搞出来的这些事真是烦死我了！”

“我知道，但是你要我说什么好呢？”

“你什么都不用说，我只是想抱怨一下，所以你就听我说吧！”

“也只能这样了……”

“你知道吗？她夜以继日拿她想生小孩这件事来烦我，真的让我觉得好累，这还不包括她为婚礼所做的准备……我快疯了。”

“然后呢？”

“没有然后啊！我一直跟她说我不想要小孩，一直提醒她我年纪很大了，那又怎样？她才不管，把我的话当耳边风，我行我素。她已经讲了十次、百次，一件事情一天讲个上百次，简直跟洗脑没两样！刚刚我对她说：‘听着，丽丝，你整天都在想这件事，不妨退一步思考一下吧！’你知道她跟我说什么吗？”

“知道啊。她说：‘是你应该退一步想想，如果你要继续跟我生活的话。’”

“就是啊。然后我就跟她说，假如她那么想创造一样东西，我们可以造一栋房子啊。结果她说我是个老笨蛋，只想到自己。你有什么建议吗？”

“什么建议也没有。不过，我倒是想说说你不敢承认的事。”

“什么叫我不敢承认的事？”

“你根本不敢承认这件事无法解决，因为你永远无法接受这个孩子，而她非要个孩子不可。”

“没错，所以呢？”

“所以就没什么好说的啦。”

生命的延续

我常常觉得很庆幸当初离开丽丝。我承认自己心肠不好，分手让她很悲伤，但我总得诚实面对自己，因为我知道我不够爱她。卷入结婚事件尚可忍受，但孩子就不行了，这太重大了，我们可以解除婚约，却没办法解除孩子。我喜欢跟她在一起，真的，但这个理由不足以让我接受一个孩子。

而现在，我真的很庆幸当初作了那样的决定，因为我发现了伊娃——我的小孙女。她当然有点皱皱、丑丑的，因为是新生儿嘛，但是我忍不住觉得，她比其他新生儿更不皱、更不丑。如果当初我跟着丽丝的妄想症起舞，那我现在应该同时——搞不好还是同一天——成为父亲与祖父……真是乱七八糟。我拥有当祖父的幸福就够了，那跟当父亲可不一样，感觉没那么强烈，但同样令人感动。里欧现在正经历二十三年前我享受过的那个时刻，似乎还很飘飘欲仙，瞧他嘴巴笑得都咧到耳朵旁边去了。

“你知道吗？我当爸爸了！”

“你知道吗？我当爷爷了！”

“她很漂亮，不是吗？”

“不，她不是漂亮，是让人惊艳。”

“我当爸爸了……妈妈应该会露出奇怪的表情吧！”

其实里欧和他母亲相处的时间并不是很久，却时常想到她。

他的童年回忆始终跟她保持联系，他认为母亲看着他一天一天长大，守护着他。我从来没想过要告诉他我所知道的一切，这应该是由于当初我试图和艾莉丝分享我遇到上帝这个秘密时，遭受惨痛经验所致。当然我也曾萌生跟里欧分享上帝这样的念头，但我是个务实主义者，对我而言确实存在的事，对别人来说可能不过是个假设。而且更糟的是，人家搞不好会认为我疯了，然后丢过来一堆批评和冷嘲热讽，给我迎头痛击。所以干吗说出来？我还是把秘密留给自己吧。

我当爷爷了！以前如果有人跟我说，当爷爷会让我很开心，我才不信呢。但是现在，站在这个小娃儿面前，真的让我好感动啊。尽管照上帝的说法，她还没准备好，还没有能力爱我……不过管他的，反正我已经很爱很爱她了，这才是最重要的。

这世界，还爱着你

忙了两个小时，终于把一切准备妥当，把东西都洗干净了。其实我平常没那么讲究，些许灰尘并不妨碍我在自己的屋子里舒舒服服地过日子，但里欧要带他的家人来这里度周末，所以我得稍微打扫一下，才不会让这里看起来像独居老头住的地方。如果我儿子看到某件事，觉得不妥当，那他可能又要碎碎念着说要找个女人来照顾我、来整理房子，因为我从来不换床单，因为我的冰箱是空的，因为我几乎没有装食物的餐盘，除了这两个小盘子和几个杯子之外……啊，对了，餐盘！我就知道自己好像忘了某件事。我本来是要睡个午觉的，但是算了，离他们抵达还有两个小时，我要出门买必需品了。

正在找钥匙的时候，我的视线开始变得模糊，觉得怪怪的，不过我告诉自己，这种诡异的状况会过去的，然后就继续原来的动作。但是很快地，我觉得整张脸都麻了，步伐也东倒西歪，而且手几乎无法移动，好像麻痹了一样，垂挂在身旁。接着我几乎完全失去视觉，眼前变得一片黑暗，我真的慌了。我的脚也不知道踩到什么，或许是椅子吧，我就这样失去平衡，不过我还知道自己跌倒了。之后，就什么都不知道了

当我知道自己发生了什么事时，我开始生气，非常生气，几乎要发出抗议，然后很快地，我不由自主地冷静下来。死了，无疑能让自己冷静。我死了。真不敢相信自己竟然说出这几个字，而且还是有意识地说。当然，我并不认为这一切会来得这么早，但也有可能更早呢，所以我也没什么好抱怨的。六十岁，

的确年轻了点，我还想活久一些，多享受一下和我的小孙女在一起的时光。再说，里欧会非常悲伤，因为他拥有母亲的时间已经那么短，现在又要失去父亲。不过我对自己说，不管今天或十年后，失去我他一样会心痛。总之，失去父母原本就是命中注定……更何况，现在他有妻女相伴，我并不是留下他一个人，他会继续过自己的生活，没有我也成。而且我可以松一口气，不必再害怕哪天会成为他身上的重担。我之前很怕自己变成他的负担，会生病、会依赖他。我怕自己成了不折不扣的老人，全身上下都痛，而且无时不痛，最后还会失去理智，一开始还知道自己在做什么，但是到最后连自己是谁都搞不清楚了。这一切都让我十分恐惧。

现在我肯定自己不会走到这步田地了，而且让我很开心的是，里欧昨晚打电话告诉我他们今天几点会抵达时，我对他说我爱他，就在挂电话之前。对儿子说出的最后一句话是“我爱你”，有什么事比得上这个呢？

我唯一遗憾的是，他会发现我是跌坐在地板上走的。应该可以更体面一点才对。

“我们到了。”

“噢，是啊，我想一切都结束了。”

“你不害怕吗？”

“当然不，你应该知道的啊。”

“不，因为你已经不再活着，我就不再是你的一部分，所以我不知道你在想什么，也感受不到你的感觉。换句话说，我再也无法提前知道你的答案了。”

“在讨论你知不知道我的答案之前，先问我那个问题。来吧，我准备好了。”

“首先你要知道，发问前我照惯例会先发表一段小小的演说，你也逃不掉。所以请听我演讲，而且不要打断我的话。”

“当然。”

就在我说出“当然”这两个字的同时，我意识到自己的心脏已不再跳动。这是一种很奇特的感受，我从来都没感觉到自己的心在跳动，而且跳得如此强烈；一旦静止，它存在的含义又不同了。不过倒是不会让人觉得不舒服，这是最重要的。

“人类、我的孩子、我的一部分、我的兄弟，你已经活过了，所以轮到我向你提出那个大问题。在提问之前我要先让你知道，死后什么都没有——肉体死亡之后，灵魂不会残留下来，一向如此；在回答这个大问题之后，你将永远熄灭。但这件事不该妨碍你思索自己的答案会造成什么影响，所以你必须好好想一想。我提出那个大问题后会消失一段时间，让你可以仔细思考，然后你只要呼唤我，就可以告诉我你最后的答案。而这最后的答案不会只是你的答案，而是一个信息，最重要的信息。所以，我要问了：‘人类要延续下去吗？’”

“‘人类要延续下去吗’是什么意思？这到底有什么含义？是跟我们不再参与的那个未来有关的问题吗？就是那个我们已经不存在，也永远无法得知会发生何事的未来世界？你指的是那个未来要延续下去吗？”

“没错，你很清楚。也是因为如此，我之前才说你还没有办法回答这个问题，只有死亡这一刻才算准备好，因为你自己的命运、存在或利益，都不会被你列入考量。”

“我懂了。不过我原本期待的是一个更强烈、更直接的事，例如神迹显现之类的，我也不知道啦，我觉得你的问题太过模糊。”

“这是故意的。然而当你开始沉思时，你就会了解，一切都蕴涵在这几个字当中：人类要延续下去，或是就此消失？这是你们要决定的。之前我已经告诉过你，我老早就拥有让人类消失的能力，但我从来不作这个决定。现在你知道为什么了吧，因为这是你们的决定。有一天，当大多数的人类回答：‘不，人类不要延续下去。’那么，人类就会不见，我也会一起消失。你会明白一切就是这么简单。”

“等等，你的意思是，我们可以杀死你？”

“没错。假如人类消失了，那么‘爱’也会消失，我也随之消失。我们在同一瞬间出生，时间一到，我们也会在同一瞬间死亡。”

“这就奇怪了。你拒绝下决定杀死我们，我们却能决定杀死你。”

“你们尤其有这样的权利杀死自己，因为你们每个人都有自己的答案，也为整体答案做出贡献。有一天，当某个人手上握有关键答案时——当然我不会告诉他，因为他会拒绝丢下这颗关键的石头——如果他的答案是‘不要’，那我们全都会停止存在，就在一瞬间。而这个人或许是你，所以好好想想吧，因为在你之前，很可能刚好半数的人说‘要’，半数‘不要’，这样一来，人类的结局就靠你这一票了。这是你的责任、你的选择，所以我让你一个人好好想一想。”

人类是否要延续下去？我毫无头绪。人类到底要不要延续下去呢……我是很想说“要”，因为它一直都是这样持续的啊——有人死，有人继续活着。不过拿这种说法当作决定的论点，似乎太薄弱了，更何况我都已经死了，人们要照何种方式过日子，也不是我管得着的。所以，“要”对我来说似乎比较不具风险。

不然说“不要”好了，因为我们总得认清事实——人类终究成不了什么大事。如果人类不再存在，也不会有什么改变啊，除了动物肯定会比较开心之外，因为它们就能过得安稳舒适一些。总之，假如我们全都死了，也没有人会感受到什么，就某种意义来说，我们不会再伤害任何人，因为没有人会为我们哭泣，不再有不幸，就这样轻轻一弹指，一切全部结束，什么都不用再想，干净利落。

但万一很不幸地，这个决定性的答案果真落在我头上，如果真的是我必须作出关键抉择呢？这还真是个要命的责任啊，我可不确定自己想担任这样重要的角色！再者，严格说来，这也不公平啊。如果作这个决定的人是个白痴，是个不折不扣的大笨蛋，或是个心思单纯的人，那我们该把人类的命运托付给他吗？他的“要”或“不要”，可以替我们决定一切吗？更惨的是，万一作决定的是个孩子呢？我甚至不认为人类有资格决定自己的命运，不管他的肩膀够不够宽。我不喜欢这个体制，这样的游戏规则太过冒险，一切都交由人类决定，根本等于无所依靠嘛。

“上帝？”

“你已经作出决定了吗？”

“还没。我只是想知道，我有没有权利不回答？”

“绝对没有。你得搞清楚，这不是民意调查，没有所谓‘不予置评’这个选项。人类的未来取决于此，所以你必须负起自己的责任。人的一生中可以逃避某些决定，但在这里不行。你已经不再活着，也没有了推托之词；你必须行使权利，最后一次执行审判……”

“等等，难道……这是最后的审判!?”

“就某种层面而言，这个说法没错。但正如你所知道的，进行审判的并非上帝，而是由人类审判人类。”

这真的很难。当某个论点支持我说“要”的时候，又会有另一个论点跑出来支持否定答案。真是太难了，我实在不够格承担这样的责任啊。

到头来，人类生而平等而且始终平等这样的信念，倒真是一个明知不能实现，却又喊得很虔诚的无耻谎言。不过，我们或许可以说人是死而平等吧，因为每个答案都会累积到另一个答案上，最渺小的终于跟最强悍的平起平坐了。这样很好，但会不会太迟了点？

要、不要、要、不要……这整件事快把我搞疯了。我的想法一直变来变去，得找个人谈谈，这样应该有助于我下决定。艾莉丝会怎么说呢？

艾莉丝……我始终无法忘记她，但我们也才一起生活了九年……为什么她的存在对我影响这么大呢？为什么就算她不在了，我们还是可以相爱？遇见她之前，我当然也谈过恋爱，但那些小恋情完全比不上，而且在她之后就没有了。我爱恋过许多肉体，还经历过某人珍贵的陪伴——只有一次，但也历时不久，之后就没有其他的了。假如艾莉丝一直在我身边，那我会很肯定地说“要”，但事实并非如此。而且，只要一想到世上所有的不幸，一想到上帝那天在我怀里哭泣，我就很想说“不要”，这样一切就会停止，所有疯狂、残酷的事统统会消失。痛苦、孤单、绝望、单恋、没有结局的恋情、烦恼、疾病、年老、沮丧、失望、死亡、没有意义的日子、了无生趣的生活……这一切的一切都让我想回答“不要”。

艾莉丝应该也会说“不要”吧。当汽车钢板撕裂她的身体时，她应该受了很大的苦，知道那是何等感受，所以她应该会说“不，就让人类停止存在吧”——为了她自己、为了其他人、为了我和里欧而这样回答。

说到里欧……难道艾莉丝会希望他在四岁时就消失吗？以我对她的认识，我很难相信她会希望里欧消失，那是她的小情人耶——她都那样叫他，而我则是她的大情人。她以前常常对我说：“你知道的，里欧是我的小情人，而你是我的大情人，但这并不代表我爱你多过爱他哦！这只是身材的问题而已，我爱他就像爱你一样，你不会吃醋吧？”说这些话的时候，她睁大双眼，挑着眉，轻咬着嘴唇，带着一股淘气的神情。她当然知道我不会吃醋啊，我爱里欧，就像我爱她一样，那是我们的小情人，我们的里欧。我的里欧不只是儿子，还慢慢成了我的朋友，后来还给了我一个孙女——伊娃，我真想看着她长大啊……我不知道了，我晓得他们会有美好人生，甚至确定他们会过得很幸福，所以我不能对他们做出这件事……

我爱他们，希望他们能活着，希望他们能爱上更多事物，就像他们爱我一样。“爱”，我终于了解了！上帝说过在人类所有的信仰当中，唯一的真理是：他是爱。没错！当我们心中有爱，会希望这一切延续下去，为了他人，为了那些我们所爱的人。所以一切会继续存在：我们、他，还有爱。

“上帝？”

“想好了吗？”

“在回答之前，我想问个问题。”

“请说。”

“艾莉丝是怎么说的？她对这个问题的回答是什么？”

“她回答‘要’，为了你，也为了里欧。你还怀疑啊？”

“我只是想确认一下嘛。好，我想我准备好了。”

“我要先告诉你，你对我来说真的很珍贵。以后除了在回忆里，我再也看不到你了，这让我很难过。现在，我就让你发言，但你必须了解，你的答案会是你说出的最后一句话，之后你就结束了。”

“谢谢。我也不会再跟你说任何事了，因为我知道虽然你已无法读出我的心思，但你还是懂我，我的朋友。”

“没错，我懂，我的朋友。”

“那么，我希望人类延续下去。永别了，我的答案是：要。”

“嗯，这世界，还爱着你。”